ごろごろ

伊集院　静

集英社文庫

目次

ごろごろ

美しき人　群れを離るる　ちいさき石を抱きて

序章　失《しっ》踪《そう》

闇の中で電話が鳴り続けている。

先刻から放っているのだが、呼出し音は止まらない。

ここ数時間で三度目の電話だ。雇主からの電話なら、十回程度のコールで不在を知り、夕刻には郵便受けに伝言が入る。伝言とて、古い倉庫の管理人への用件だからたいしたものはない。来年の夏には、この倉庫を打ち毀《こわ》して新しいビルを建てるらしい。

一年の約束ではじめた管理人の仕事が二年を越えているのは、世間の不景気のせいで、この海岸の土地が売却できないからだ。

以前は倉庫の管理事務所の物置場に使用されていたコの字形の窓ひとつない部屋に、管理人として入る者はいるはずがなかった。しかし私には居心地のいい空間だった。月末の数日以外に人の出入りはない倉庫だ。

電話は鳴り続けていた。呼出し音が少しずつ遠くなり、私はまたまどろみはじめた。夏の終りから不眠症が再発し、秋が終る頃には、ひどい状態の日々が続いた。十日振りにようやく眠れそうかと思った矢先の電話だった。

夢を見ていた。電話で、その夢が醒《さ》めたことが癪《しやく》だった。女の夢である。十数年前に北海道の千歳《ちとせ》で暮らしたことのある女で、同居していた間のほとんどを女は厄介な病気を抱え、アパートと病院を往復していた。目覚めたことが癪に思えたのは、夢の中で女が笑っていたからだ。それも心底嬉《うれ》しくてたまらないような笑いで、少女に似た笑顔だった。六年余りの暮しで、私は女のそんな表情を一度も見たことがなかった。同居といっても惚《ほ》れ合ってのことではなかった。暮らしはじめてすぐに女の病気が発覚し、放っても置けずに女のそばにいる恰好《かっこう》になった。

「泳げもしないのに可笑《おか》しいよね」

夢の中で、女は水着を着て目前の海を見つめ、白い下腹を両手でおさえて身体《からだ》を折るようにして笑っていた。私は、女が喜ぶ姿を眺めていた。

女と海などへ行ったことはなかった。どうしてそんな光景が夢の中にあらわれたのかわからない。胸の内を明かさない無口な女だったから、海へ行こうなどと言われた憶《おぼ》えもなかった。どうしてそんな夢があらわれたかということより、十数年も経《た》って、女の知らぬ顔を見たことに興味が湧《わ》いた。

電話は鳴り続けている。女はあらわれない。喉が渇いていた。頭の上のペットボトルに手を掛けると空であった。私は起き上って、部屋のドアを開け、高窓からの冬の日差しが床面を浮き上がらせたがらんどうの倉庫をよろよろと歩き、表扉の右脇にある洗い場へ行き、水道の蛇口を捻《ひね》り、水を飲んだ。

部屋に戻って来ると、まだ電話は鳴っていた。私は電話機を見つめた。開け放ったドアから差し込む光の中で電話機は小刻みに震えていた。

どこでどう居処《いどころ》を探りあてたのか、東行雄《あずまゆきお》から突然連絡があったのは、その年の瀬も押し迫った、或《あ》る午后《ごご》のことだった。

「いや、ご無沙汰してます。ガンさん、元気ですか。ずいぶんと探しちまいましたよ」

受話器のむこうから聞こえて来た東の声には妙な馴《な》れ馴《な》れしさがあり、甲高い声の裏に厄介が隠れていそうな気がした。

「何の用だ？」

私が用件を訊《き》くと、

「相変らずぶっきら棒ですね。いやね、サクジのことで相談がありましてね……」

と途中から東は声の調子を低くした。

「…………」

私は佐久間秀次《さくましゆうじ》の名前を耳にして一瞬沈黙した。

「サクジがちょっとしたトラブルを起こしたらしくて、そのことでおかしな連中が俺を訪ねて来たんですよ。それで連中がガンさんに逢《あ》わせてくれと言ってるんです」

「佐久間のトラブルが俺に何の関係がある。おかしな言いがかりを付けんな」

「それは俺も同じっすよ……」

東は泣き言を口にしはじめ、佐久間が金融業者からかなりの金を引っ張って失踪していることと、取り立ての連中が東の処へ毎日嫌がらせに来ることを話した。

「俺はサクジを助けてやりたいんだ。あの人にはずいぶんと世話になったしな……。こんなことで消えちまう男じゃないと思うんだ。ガンさん、長いつき合いじゃないっすか、助けると思って少し逢ってくれませんか、頼みます。相談に乗って下さい」

東は最後に喉の奥から絞り出すような声で言った。

東とはさほどのつき合いをして来たわけではないし、電話の声の調子には厄介事が含まれている予感がした。東は昔からトラブルをしょい込む男だった。彼の口から佐久間の名前が出なければ、私は彼に逢いに行かなかった。

翌日の午后、私は浜松町《はままつちょう》の駅前で東と待ち合わせた。国道沿いのガードレールのそばに立っていると、ワゴン車が急ブレーキを掛けて、目の前に停車した。運転席の窓が開き、東が笑って声を掛けた。以前より少し太った東の顔が私を見ていた。もう四十歳はとうに過ぎたであろうが、彼の目元には初めて佐久間から紹介された時の、童顔がわずかに残っていた。

「寒いとこで待たせちまって……、どうぞ乗って下さい。どこか暖かい処に行きましょう」

私が助手席に乗ると、

「いやあ、懐かしいな、ガンさんとこうして逢うのは……、五年振り？　いや六年か……、少し痩せましたか？　でもガンさんは変わんないっすね……」

東は昨日の電話での泣き言が嘘《うそ》のように陽気に喋《しゃべ》り続けた。

大門《だいもん》脇の喫茶店に入り、東から話を聞いた。東は執拗《しつよう》に佐久間と逢っていないかと訊いた。

「本当に連絡もないっすか？」

「おい、少しくどくないか」

私が東を睨《にら》み返すと、彼は眉根に皺《しわ》を寄せ黙ったまま手元に視線を落し、佐久間を探している金融業者に逢ってくれないか、と低い声で言った。私が首を横に振ると、東は泣きそうな目をして窓の外を見た。この芝居がかった横顔に、佐久間は騙《だま》され、何人かの男が東との関りを切れなかったのだろうと思った。

「見つかればサクジはただじゃ済みませんよ。それで平気なんすか」

「俺には関係のないことだ」

東はもう一度佐久間が失踪した事情を話し出した。話を聞いていて、忘れかけていた佐久間の姿が霧の中から浮かび上るようによみがえって来た……。

渋谷の雑居ビルの地下一階にあるその金融会社に入ると、留守番の若い衆が東の顔を見てちいさく会釈した。若い衆は東が来ることがわかっていたのか、衝立《ついたて》のむこうに見える接客用のソファーを指さした。東は乗って来たワゴン車の鍵を若い衆に放った。少し待ってくれと言われ、三十分余り座っているとドアが開く音がして若い衆の声と靴音が聞こえた。男は半口を開けたままあらわれ、私をじっと睨み、

「いや、どうも、不景気だっていうのに妙に暖かい日が続きますね」

と言って両足をひろげてむかいの椅子に座った。顎を引いて上目遣いに私の隣りに座る東を見つめ、ゆっくりと私を見直した。

「東さんにもお願いして、あなたを探していたんですよ」

男はいまどき珍しい大柄な千鳥格子のジャケットを着て、そのポケットから煙草《たばこ》とライターを出し小首をかしげて口に銜《くわ》えた。細い煙草をシミの浮き出た指で玩《もてあそ》ぶようにしていると、ドアが開いてまた人の入って来る気配がした。低い男の声と若い衆の緊張した声が重なった。その声に目の前の千鳥格子の表情が動いた。隣りに座っていた東が立ち上って、衝立てのむこうに消えた。立ち去る東のうしろ姿を見て、佐久間の失踪とこの金融会社の金の関りに、彼が絡んでいる気がした。東は昔から厄介事が起きると自分だけ無関係なふりをしてその場を逃げ出す性癖があった。

衝立てのむこうで短い電話を済ませた男があらわれると、千鳥格子は口に銜えていた煙草をポケットに仕舞い、ひろげていた足を揃《そろ》えた。

男はまだ四十に届くかどうかという歳格好《としかっこう》で、縁なしのメガネの奥の目に青年の気配がうかがえた。モスグリーンのスーツをモデルのように着こなしていた。

ひょっとして三十歳そこそこの年齢かもしれない。私に名刺を差し出し、佐久間のことで二、三お尋ねしたいことがありますので、と丁寧な口調で言った。

その後、佐久間のことをあれこれ聞くのは千鳥格子だった。時折、威嚇するような言い回しをするが、それが私に効果がないとわかると、千鳥格子は同じことを何度も聞くようになった。千鳥格子が縁なしメガネの方にちらりと目をやるが、彼は視線を宙に浮かしたまま私たちの会話を聞くふうでもなく、黙って座っていた。

「まさか、おたくが匿《かくま》ってるってことはないでしょうね。そんなことはなさってませんよね？　匿ってても見つけ出しますよ。私たちはそれが仕事ですからね。わかってんだろう」

千鳥格子が突然声を荒らげた。

「なら、そっちで探せばいいんじゃないのか」

私は千鳥格子の目を見て言った。千鳥格子が目をしばたたかせた。

「でもご友人なんでしょう」

千鳥格子が今度は丁寧に言った。

「五年近く顔も見ていない相手が、友人でもないだろう」

「そうですかね。東は佐久間があなただけには連絡を入れているはずだと言ってますよ。そうだったよな、東」

千鳥格子が衝立のむこうにいる東に声をかけた。東は返答をしなかった。

「そうなんだろう、東」

千鳥格子が念を押すように言った。

「い、いや、俺はそう思ったんで言っただけっすよ」

東の躊躇《ためら》ったような声が返って来た。

「俺は引き揚げる」

私が立ち上ろうとすると、縁なしメガネが、

「あなたも佐久間を見つけたいんじゃないんですか？」

と静かな口調で言った。私が縁なしを見つめると、

「佐久間を見つけたいから、あなたはここへ来られたんじゃないんですか。なら事情だけでもお聞きになっておかれた方がいいと思いますが……」

と私を見上げた。正視すると縁なしの内に隠れていた凶暴なものがはっきり見えた。

「その必要はない」

「聞いてもらえば、私たちが佐久間を見つけてどうするかがわかってもらえると思いますがね……」

縁なしの言葉に私は座り直した。衝立てのむこうで金属製の灰皿か何かが床に落ちて転がるような乾いた音がした。


渋谷を出て、東と二人で新宿へ行った。

タクシーの中で東は饒舌《じようぜつ》だった。さっき事務所で縁なしメガネが話をしはじめた時、東は席に呼ばれ佐久間と彼等《かれら》との経緯《いきさつ》を裏付ける立場になって話をしていた。東は今回のことで自分がいかに迷惑をかけられたかをくどくどと説明した。そうですよね、東さんは被害者だ、と縁なしが声を掛けると、青白かった東の顔に血色が甦《よみがえ》り、ひと昔前、私たちがつるんで遊んでいた横浜の店にも四谷の店にも佐久間は顔を見せていないと言った。東はほとんど縁なしを見て話し、時折、私の方を見た。私が黙って頷《うなず》いていると納得したように佐久間の悪態をついた。佐久間は三千万円をその金融会社から引いていた。佐久間の保証人はすでに詐欺罪で逮捕され、彼等の手の届かぬ場所にいた。私は一度だけ、元金の額を訊いた。縁なしは元金の話をしているのだ、とはっきりとした声で言った。その口調には佐久間に対する縁なしの恨みのようなものが感じられた。縁なしは金が戻らなければ佐久間を始末しかねないと思った。メガネの奥の目には冷酷な色が浮かんでいた。掌《てのひら》の中の卵を温めるように揉《も》む白い手と指輪を嵌《は》めた細い指先を見ているうちに、この男はこれまでに何度か人を死に追いやったことがあり、しかも直接相手に手を下していると思えた。

タクシーは明治通りの混雑にぶつかり動かなくなった。東は今回のことで自分が佐久間からいかにひどい仕打ちを受けたかを話し続けた。蚤《のみ》の嚙《か》み跡を次から次に見つけ出した時のように忌しげな表情で些細《ささい》なことをくどくどと口にした。その饒舌さから、東は佐久間のことで私に何かを隠している気がした。それが何かは想像がつかないが、知ってしまえばまた東の嫌な部分を覗《のぞ》いてしまうことになりそうで、問い質《ただ》す気にならなかった。それにしても東がこれほど愚痴を言う人間だったかと奇妙に思った。この男には自分の先行が見えているのかもしれない。ひとしきり東は喋り続け、ちいさなため息を吐《つ》いて、

「いったいどうなっちまったのかな、あいつは……」

と呟《つぶや》いた。

私は縁なしの目を思い出し、もしかして佐久間はもう死んでいるかもしれない

と思った。車窓に映る花園神社の木々に佐久間の死にざまを想像したが、死顔は浮かんで来なかった。

「何だってサクジの野郎はあんなふうになっちまったんだ……」

私は対向車線を走る車のライトに浮かぶ東の横顔を見た。東の口調には、私たち三人が知り合った頃の、彼に男色の趣味があると言われていた匂いのようなものが漂っていた。東と佐久間は身体が繋《つな》がっていると噂《うわさ》があった。そうであってもおかしくはないと思えることが二人を見ていて、何度かあった。それはそれで二人の生き方なのだからかまわなかったし、それが男同士の絆《きずな》のようなものであるなら解《わか》り易《やす》い気もした。男と女が別離する時よりも男同士の方が厄介と聞くが、今回のことはそれが影響しているのだろうか。

「三千万か、三千万か……」

タクシーがラブホテル街の一方通行に入ると東が老婆の愚痴のように呟いた。

「えっ、何ですか？」

タクシーの運転手がうしろを振りむいた。

「おまえに言ったんじゃねえよ。黙って運転してろ」

東が怒鳴り声を上げた。こんな虚勢を張る東を見るのは初めてだった。私は東の顔を見直した。どこか苛立《いらだ》ったような表情に、東までがとんでもない厄介事を抱え込んでいるように思える。ホテルの看板の淡い灯《あか》りに東の額の深い皺が浮かんだ。ナイフで刻まれたような皺だった。

――東も来る処まで来てしまっているのだろうか……。しかしこいつは生きている。

そう思った途端、佐久間がとっくに死んでいる予感がした。私は口の奥にひろがった苦いものを唾と一緒に飲み込んだ。職安通りでタクシーを降りた。

「腹はどうなんだ？」

私は東に聞いた。

「そういやあ、朝から何も口にしてなかったな……」

東の口調が弱々しかった。

「寿司《すし》でもつまむか」

「そうだね。T寿司の主人《おやじ》退院して来たって言ってたな」

東は馴染みの寿司屋の名前を出した。

私は東とT寿司の暖簾《のれん》をひさしぶりにくぐった。主人は私の顔を見てから東に目をやりちいさく頷いた。

「退院したんだってな、おめでとうよ」

　東が言うと主人は何も答えず、顎をしゃくって私たちに、自分の前の席に座るようにうながした。東がトイレに入った。私がカウンターに座ると、

「ガンさん、あいつとまだつき合ってるんですか？」

　と主人が小声で言った。

「いや、俺も今日、五年振りで逢ったんだ。奴《やつ》と何かあったのか？」

「いや、ちょいとね……」

　主人が身を乗り出した時、トイレの扉が開いて東があらわれ、主人は口をつぐんだ。私は黙って酒を飲んだ。東は主人と魚の話をしながら鮨《すし》を食べていた。主人のぎこちなさが東に伝わらないのか、彼は隣り合わせた出勤前のホステスに声を掛けたりしていた。東が主人の迷惑そうな態度に気付かないはずはないと思った。東はこの店にも何らかの厄介を持ち込んだに違いない。彼はそれを承知で、この店の名前を出したのだろう。いつから東がこんなに図太くなったのかわからないが、今日、私を金融会社へ案内したことといい、東は私に佐久間の肩代わりをさせようとしているのではという気がした。まさかとは思うが、それならそれで東のことをもう少し見てみようと思った。店が混んで来たので、私たちは立ち

上った。東に先に出るように言って支払いをしに店の奥へ行くと、主人が言った。

「あいつとつき合うのはよした方がいい。佐久間さんの話は聞いてるんでしょう」

「何かあったのか？」

と聞き返してから気になって表の方を見ると、東は外に出ず、表戸の前に立ったままじっと私を見ていた。

「その話はまたゆっくり聞こう」

店を出ると、東は私の前を歩きながら、

「あの主人、生きて帰って来やがったらいけすかない野郎になってやがったな。俺にさんざ世話になっておきながら、あることないこと言いふらしやがる」

と吐き捨てるように言った。

「少し飲むか？」

私が酒場に誘うと、

「俺、酒はやめてるんだ」

と小声で言った。元々東は下戸だが、その口振りには新宿の酒場へは足を入れたくない何か事情があるように聞こえた。

「昔の知り合いが歌舞伎町《かぶきちょう》で雀荘《ジャンそう》をはじめたらしい。ひさしぶりに少し遊ぶか」

「いいね、それがいい」

東の声が弾んだ。

「場所がわからないが、たしかフローベルという喫茶店で聞けばわかると言ってたな……」

「そのサテンならよく知ってるよ。Ｉ組の連中が使ってるサテンだ」

東の口からすんなり関西の組の名前が出た。

「東、おまえ、そっちとつき合いがあるのか？」

私は東の顔を正面から見た。東は私の視線を外すようにして、少年のように首を振った。これまでにも何度か見た仕種《しぐさ》である。この仕種にたいがいの相手はそれ以上東を追い込めなくなる。どこで身に付けたものかはわからないが、私も東のこの仕種に何度となく怒りの矛先を躱《かわ》されたことがあった。追い込んでそのまま放っておいたら涙を流しかねないような表情をする。それがいたたまれず相手は東を許してしまう。

目当ての雀荘はすぐに見つかった。

店内は混み合っていた。主人は私の顔を見ると、どうしていたのか、と懐かしそうに声を掛けた。少し遊びたい、と話すと嬉しそうに頷いた。

いっとき下火になっていた麻雀《マージャン》がここ数年新宿、池袋、渋谷あたりでフリーの客を取って遊ばせるリーチ麻雀を経営者側が考案し、各雀荘が店毎《みせごと》に定まったレートの麻雀を設定しフリーの客同士を遊ばせはじめた。客の方は己の麻雀の才量と懐具合いを計って店の選択ができる。店側は客がひとりであらわれてもすぐに遊べるように、メンバーと呼ばれる麻雀の相手ができる打ち手を従業員として雇って対応する。これが思ったより上手《うま》く嵌《はま》った。客の方の利点は店を自由に選べることと自分が止《や》めたい時に席を立てることだ。それでも流行《はや》っている店とそうでない店ができる。客に選択権があるので勝てない店を避けるのは当然だ。麻雀には雀力というものがある。たしかにツキがめぐっている時はどう打っても勝てるが、そのツキはいつもめぐって来るものではない。麻雀を長く続けて行けばそのことはわかって来る。店側もそれを充分承知していて、特別ルールをこしらえる。赤牌《パイ》と呼ばれるドラ牌や一発自摸《ツモ》のオールマイティーの牌など特典付きの牌を入れてツキをかわせる要素を多くし雀力の均一化を図っている。

東と雀荘の経営者とメンバーの四人で夜明け方まで遊んだ。そのメンバーはプロの麻雀打ちで、私も以前何度か遊んだことがあった。東は楽しそうな顔をして牌を自摸っていた。その顔には邪気が失《う》せていた。

途中、主人と私は、まだ打ち続けると言う東を残して卓を抜け、近くの酒場へ移った。

主人は、私がまだ下北沢に住んでいた三十数年前の遊び友達だった。当時、彼は駅裏のマーケットの一角で米軍の払い下げの衣料品や雑貨品を売る小店を出していた。彼は私が手伝っていた競馬のノミ屋の客であった。商売同様、遊び方も堅実で、賭金《かけきん》が滞ることがない男だった。そのノミ屋が地場のヤクザと揉め、私が下北沢を逃げ出さなくてはならなくなった折も、この男にだけは引き揚げる事情を話していた。何年かに一度連絡があり、去年、雀荘をはじめたことを知った。

ひとしきり主人の昔話を聞きながら酒を飲んだ。

「昔話か、歳を取っちまったな……。つまらない話をしたな」

主人は下北沢の時代の話をした後で、自嘲《じちよう》するように言った。

「でもないさ……」

「少し痩せたか？　顔色が悪いが」

「顔色か、血だけが眠ってるんだろうな……」

私がここ数ヵ月眠れないことを話すと、主人は酒場の女を知り合いの薬屋に行かせ、良く効く薬だと、私によこした。

頃合いをみて、私が勘定を頼むと、主人が制した。雀荘への帰り道で、佐久間の話をした。数度、主人は佐久間と私とで麻雀を打ったことがあった。主人は、この頃、あの人の顔を見ないと答えてから、何かあったのかと訊いた。何もないが佐久間を探していることを話すと、見かけたら連絡すると言った。

雀荘に戻ると、東は顔を赤らめて卓に着いていた。私はソファーに横になり、主人から貰《もら》った薬を二錠飲んだ。薬が効いたのか、ほどなく私は眠入《ねい》り、目覚めたのは昼前だった。主人は帰宅していて、店の従業員が東からのメモを渡した。午后に迎えに来るので、佐久間を探しに横浜へ行くのにつき合って貰えないかと記してあった。

迎えに来た東の車で新宿を出た。

歳の瀬、道路はあちこちで交通が渋滞した。東は木更津《きさらづ》の実家に野暮用があるので立ち寄ってから横浜へ行くと言った。実家が木更津にあるというのは初耳だった。どこか怪しい気がした。

「あの手の麻雀相手《メンバー》なら軽いもんだな」

東は昨晩の麻雀に勝ったらしく、嬉しそうに自分の手役の話をしていた。麻雀の話を耳にするのもひさしぶりだった。フロントガラスに牌を手にした佐久間の顔が横切った。眠気が襲って来た。

東京湾を車で渡り、金谷《かなや》あたりの海岸へ出たところで、私は目覚めた。

「この店で少し待っててくれますか。俺はちょっと用を済ませて来ますから……」

東は言って、私を松林の脇にある食堂に置いて行った。年寄り夫婦で賄う店の座敷に上り、私は酒と肴《さかな》を注文した。珍しく食欲があった。

焼酎《しょうちゅう》を二杯飲んだあたりで、またうとうとしはじめた。もう一杯注文しようとグラスを持ち上げようとした。手の中のグラスがゆっくりと揺れた。

「何か良い夢でも見てたかね。寝顔が笑ってたっぺよ、お客さん」

食堂の女将《おかみ》が荒っぽい浜言葉で言った。壁の時計を見ると、小一時間が過ぎている。グラスは握ったままだ。

——俺が笑っていた？

まさかと思いながら、女将の日焼けした顔をぼんやりと眺めた。奥へ消えた女将の笑顔を思い浮かべながら、私は夢の中で懐かしい場所に居たような気がしはじめた。

海でも見てこようと思った。食堂を出て歩きはじめると、砂をふくんだ風が足元から吹き上げて来た。よほど沖合いから強い風が吹き寄せているのだろう。食堂の女将から聞いた左方の海へむかう方角に目をやったが、海岸らしきものは見えない。鼻を突く風にも海の気配はない。十五分ほど歩けばすぐに浜へ出ると言っていたが、土地の人が言う距離感は案外と大雑把なことが多いから、とろとろ歩くことにした。

左手は低い松林の並木、右手は葦《あし》、蒲《がま》の生える水辺が径《みち》に沿って続き、さらに右奥はこんもりした小山の藪《やぶ》が伸びていた。おそらく右手の藪の下に古い堤が隠れて、左手の松林のむこうが以前は海になっていたのだろう。今は赤茶けた固そうな土が十二月の陽差《ひざ》しに光って、金谷の街の方まで連なっている。埋立地特有の乾いた風景だ。径は車一台がやっと通れるほどの幅で轍《わだち》に沿って泥があらわれ、あとは雑草と右手の藪から蒲の葉が伸びていた。

背後で自動車のクラクションの音がした。振りむくと、食堂の前にワゴン車が一台停車していた。思ったより早く東が戻って来たのか、とワゴン車から降りる男を見ると、白帽、白衣に白長靴を履いた配達人だった。食堂の看板は〝汐先《しおさき》食堂〟とある。〝汐先〟と言うからには、あの食堂は昔、汐の飛沫《しぶき》が当るほど海に近い場所であったのだろう。看板の文字が読めるくらいだから食堂を出てまだわずかしか歩いていない。ため息を吐くと、先刻まで飲んでいた焼酎の匂いが鼻を突いた。

それでも海まではさほど時間はかからなかった。海と言っても突端は浜ではなく埋立てた台地で、海へ降りる人を遮るように三方に杭《くい》が打たれ針金が張ってあった。何とはなしに海を見たくなったのだが、これでは風情も何もあったものではない。突端まで出て柵のむこうを見回すと、海へ降りる階段があり、そこの柵だけ針金が外れていた。その破れ目から階段を降りて水際の先端に腰を下ろした。海風が当る。先刻から思っていたのだが、風に汐の匂いがしない。足元に寄せる水は汐水なのだろうが、驚くほど澄んでいる。十センチばかりの深さの砂底に無数の貝殻が見える。それが水の中で屈折した陽差しに浮き上り、モザイク模様のように四方に白い光を放散させている。見ると数十メートル先まで白光はひろがり、一面に白い絨緞《じゅうたん》を敷き詰めたようだ。こんな奇妙な水辺は見たことがない。

埋立地に満潮の汐水が浸水しているのだろうか。私が腰を下ろした階段から数メートル右手はそこから水深が急に深くなっているのか、海水も濃い緑色になっている。沖合いには東京湾に出入りする船影が見えた。そればかりか、海の色が変わる境界線に水中から唐突に突き出した電信柱が沖合いにむかって伸び、電線が海風にあおられて揺れている。その振動が何やら得体の知れない生き物が海を行進しているように映った。

周囲の地形を眺め直して、右半分が東京湾の干満する海で、左半分が堰《せき》によって分けられた埋立地だとわかった。左半分はすでに海ではなく、死んでしまった浜である。その証拠に海鳥たちは右の水域には飛んでいるが、左の水域には影すらない。海水の出入りが絶えて、砂の中にいた貝が全滅し殻だけが浮き上って来たのだろう。それ以前にはこの辺りに小魚も海藻も、他の軟体動物も棲息《せいそく》していたのだろうが、貝の中身同様死に絶えたのだ。それにしてもこの夥《おびただ》しい数の軟体動物の屍《しかばね》の景観の美しさはなんと見事なことだろう。私はモザイクの海を見つめた。時折、太陽を横切る冬雲の戯《いたず》らに海水がプリズムとなって光を発散させていた。その光彩の中に、ちいさな人のかたちのようなものが浮かびはじめた。やがてその矮人《わいじん》たちが水の上を走り回ったり跳ねたりしはじめた。水面ぎりぎりのところで手を繫《つな》いで踊っているのもいる。いつの頃からかこの現象を見るようになった。群がっているものを眺めていると矮人たちがあらわれる。別に不快ではないが、矮人が失せるまで、その場を離れることができない。幻覚なのだが、動き回っているのは矮人ではなく、生きていた人間たちの亡霊に思える。貝の生も、人間の生もさして違いはなかろう。むしろ貝の方が人間より思惑が見えないぶん潔く映る。

屍の上を黒い十字架が行進している。温度も感じなければ匂いもしない。ここには気配というものが消えている。それゆえに妙な安堵《あんど》がある。生きている気配が失せているということは、かくもおだやかなものなのだろうか。

東は車で埋立地にやって来た。その時分には左の水域の海水が少し退《ひ》いて、貝殻が露出する砂地がひろがっていた。どこかに海水の出入する水路があるようだ。

「ああ、こりゃ終っちまってるな。ここら辺りは沖の百万両とまでは言わなくても、いい漁場だったんですよ。俺がガキの頃は遠浅の海まで泳いで行って小魚を捕ったもんすよ」

東は革のジャンパーのポケットに両手を突っ込み煙草を銜えたまま沖を見てい

た。

「あの食堂のカツカレー、美味《うま》かったすか?」

私は頷きながら東の足元を見た。今朝方、新宿の雀荘に迎えに来た時と東は違う靴を履いていた。木更津の実家へ行くと言っていた東の話は満更芝居でもないような気がした。

「用事は済んだのか」

「ええ、何とか年を越せそうっすよ」

東は白い歯を見せて胸のあたりを軽く叩《たた》いた。その拍子に東の口元から煙草の灰がジャンパーに落ちた。東はあわててジャンパーを拭って、

「行きましょうか。高速道路が混む前に横浜に入りましょうや」

と階段を登り出した。

私は立ち上って、もう一度目の前の水域を見た。強くなりはじめた風に電信柱が揺れていた。そのかたちが人のうしろ姿に見え、湿った砂浜に映る電信柱の影に佐久間秀次の姿が重なった。揺れる影を見ているうちに電線の立てる音が耳の底にひろがり、その音が人の泣き声に聞こえた。

佐久間の泣き声のようにも思えた。佐久間は決して人に弱味を見せる男ではな

かった。笑い声なのか……、と影を見直すと、無数の矮人が佐久間の影をかかえ沖合いにむかって運んでいた。

——サクジはもう死んでいる……。

私は胸の中でぽつりと呟いた。

妙な確信が、私の中に湧いた。

ガンさん、早いとこ行きましょう。背後から東の声が千切れ千切れに聞こえて来た。

横浜へ行っても、たぶん佐久間はいないだろう。

——とうとう私ひとりになったのだ……。

私は呟きながら、よろよろと歩きはじめた。

章一　三人麻雀

私が佐久間秀次と逢ったのは、昭和四十年代初めの、冬の横浜だった。

当時日本は〝ベトナム特需〟と呼ばれたベトナム戦争による好景気が続いていた。横浜でも港に入る船舶の数が飽和状態になり、新しい埠頭《ふとう》の建設があちこちではじまっていた。

私は東京で厄介事に巻き込まれ、横浜の小港《こみなと》にある斡旋屋《あっせんや》に転がり込んでいた。その斡旋屋は港の荷役の口入れを専門にしていて、早朝と夕刻に海員病院の脇にある空地に集まって来る日雇労働者に仕事を斡旋していた。経営者は本牧《ほんもく》でボクシング・ジムをやっている須藤《すどう》という男で、他に伊勢佐木町《いせざきちょう》でトルコ風呂とキャバレーを持っていた。元々は小港にあった古い組の幹部だったが、組の解散と同時に斡旋業と風俗業の経営者におさまったという話だった。私は下北沢でやっていた競馬のノミ屋が顧客のことで地回りの連中と衝突してしまい、半年近く揉めた挙句借財をかかえて横浜へ逃げ込んでいた。

私の仕事は早朝、日雇労働者が集まる空地へ行き、送り出した人数と送り先の確認をし、番頭役の男から受け取った〝口入れ札〟と呼ばれるペラ紙を彼等に渡すことだった。それを終えると後は夕刻、須藤が〝口入れ札〟に金額を書き込むのを見物していればよかった。

〝口入れ札〟にはあらかじめ朝の交渉の折、口約束で決められた金額が記してあるのだが、そこに微妙な仕掛けがあり、曖昧な金額はほとんどが口約束より低い数字で支払われる。斡旋業の方は発注先から定められた金を受け取っているが、斡旋料とは別に朝の交渉段階でまず搾取が行なわれ、夕刻の支払い時にさらに金を削り取る。同じ日雇いでも古株の連中は須藤が書き込む金額に波があるのを知っていて、列の最初に並んで金を受け取らなかった。夕刻の金はほとんどが須藤の小遣いになっていた。須藤の隣りに座る経理の女に持たせた鞄《かばん》の中の現金を横目で計りながら、彼は差し出された札に数字を殴り書きし、古株の連中の話を聞いていた。連中の話はほとんどが須藤への世辞だった。その月に行なわれた須藤のジム所属のボクサーの試合の内容を誉《ほ》めたり、キャバレーに歌いに来た二流の歌手を持ち上げたりしていた。

列の最初に並んだ学生や横浜の事情に疎い連中は金額の値引きに文句を言う者もあったが、須藤は大声で彼等を怒鳴りつけた。須藤を囲んだ連中は頃合いを見計って〝口入れ札〟を出した。須藤は思惑どおりの金額が算出できると雄弁になった。上手く行けば定められた金額より多くの数字が札に書き込まれた。それを牛乳瓶の底のような眼鏡をかけた経理の女が受け取り、男たちに金を渡して行った。

私はいつも最後に女から金を受け取った。最初の頃、須藤は私を食事に誘った。しかし無愛想な私にうんざりしたのか、それっきり誘われることはなかった。それでも受け取る金は飯を喰《く》い酒を飲んでも、まだ少し余る程の額であった。そんな暮しに私はさして不満も持っていなかった。

小港から金沢八景《かなざわはっけい》の方へ県道が大きくカーブする手前に海へむかう小径があって、その径を十分も歩けば古い栈橋に突き当った。戦前は渡し船が出ていたらしいが、当時は釣船と湾岸掃除の船が利用するぐらいだった。栈橋のそばに三軒の木造家屋があった。栈橋寄りが雑貨屋で、真ん中だけが二階建てで雑貨屋の住居になっていた。その隣りにへしゃげたような箱形の家があり、粗末な看板に手描き文字で〝いこい〟と屋号がある食堂があった。

私はその店へ斡旋屋の番頭役の葛西《かさい》という男に連れて行かれた。葛西は物静かな男で、須藤とは組の頃からのつき合いらしかった。一度珍しく夜の請け負いの仕事があって、私は葛西と朝まで現場を監督した。夜明け方、葛西と日ノ出町《ひでちょう》にある銭湯へ行った。葛西の背中に見事な不動明王《ふどうみょうおう》が彫ってあった。彼は何かと私の面倒を見てくれた。

その店の銀鱈《ぎんだら》定食が絶品と葛西は言って、私に馳走《ちそう》してくれた。店へ入った時、さして美味いものがあるようには思えなかったが、その銀鱈は驚くほど美味かった。焼いた銀鱈に蒸したキャベツが無造作に添えられ、どんぶり飯と新香に味噌《みそ》汁《しる》。それだけなのだが銀鱈も新鮮で、上白と思える飯がともかく美味かった。店には他のメニューもあったが、秋口から春先までの半年間、廉価で絶品と呼べるこの銀鱈定食を食べに集まる常連たちがいた。銀鱈定食は昼と夕方にそれぞれ十人前しか出さなかった。夕方は仕事を早く切り上げて来る者やわざわざ磯子《いそご》、根岸《ねぎし》から食べに来る常連がいて、すぐに品切れになった。昼の方は案外と楽で少し早目に店に行けばありつくことができた。それでももたもたしていて十二時を少し過ぎると、店の壁にかけられたちいさな黒板からチョークで書かれたギンダラの文字が雑巾で消された。数に限りがあるのは、鱈と米を新潟から運んで来るからだった。

店に来る客はほとんどが近所の工場で働く工員か日雇労働者だったが、そんな客たちの中に一風変わった男が数人いた。

その中のひとりが佐久間秀次だった。私が初めて佐久間を見た時、彼は仕事仲間らしき男と二人で店の女主人に新潟の様子を聞きながら銀鱈を食べていた。女主人に何かからかわれた時、佐久間が顔を赤くした。それがいかにも遊び人といった風体《ふうてい》と似合わなかったのが印象的だった。次に逢った時の佐久間はひとりきりだった。奇妙なもので同じメニューを注文している者同士の連帯のようなものが湧いて来て、互いのアルミの膳の上の銀鱈を見合って、こいつもこの味がわかっているのだと納得するところがあった。私は食に対してうるさい方ではなかったが、この銀鱈だけには妙な執着があった。あと数人、労務者や工員とはあきらかに風体の違う男と、時折やって来る正体のわからない女がひとり、定食ではなく銀鱈だけを注文しビールを飲んでいた。

佐久間となんとなく話をするようになり、昼食の後で本牧の喫茶店へ寄りコーヒーを飲んだりした。それで別れるのだが、定食屋で顔を合わせると互いに笑い合い、つるんでお茶を飲みに出かけた。そのメンバーがいつしか四人に増え、ひょんなことから麻雀をするようになった。

麻雀の話は佐久間が言い出した。四人に共通するものが銀鱈定食以外にあったとわかった時、皆が皆一瞬意外な顔をして互いを見つめ、それからすぐに表情を弛《ゆる》めた。

三人麻雀であった。関西方面でよく行なわれているルールで、萬子《マンズ》の中張牌《チュウチャンパイ》（二萬から八萬）、二十八牌をあらかじめ抜き、四人のうち北場になった者が休《やす》み見《ケン》をする。和了役《あがりやく》の点数計算は関東と同じだが勝ち負けはポイント制で、ブーマンに似ている。どうして横浜でこのルールが流行っていたのかはわからないが、佐久間も、あとの二人も打ち慣れているようだった。私はいっとき関西で遊んでいたことがあったので、このルールには馴染みがあった。

初見で麻雀をするとたいがい力量の差が露見して長続きしないものだが、このメンバーは違っていた。それぞれの個性が上手く出て、打ち合う局面は容赦なく打ち合い、引く局面は引く雀力を皆持ち合わせていた。私も打っていて面白かった。斜《しゃ》に構えて相手を探る必要がなかったし、佐久間がレートを決め、場の引導を引き受けたのも良かったのかもしれない。

ひとりは時計職人で、富永安春《とみながやすはる》という少し足の悪い男だった。小柄であったが上半身は力仕事をしている者のようにがっしりとしていた。私が初めて定食屋の

〝いこい〟に斡旋屋の番頭に連れて行かれたのが秋の終りで、富永を見た時はもう十二月に入っていたはずだが、彼は半袖のシャツを着て汗を掻《か》きながら飯を食べていた。寡黙な男で飯を食べ終ると、アルミの盆を捌《さば》き口《ぐち》までわざわざ返しに行っていた。その盆を摑《つか》んだ指と袖から剝《む》き出された二の腕がレスラーのように太いのが印象的だった。ただこの男を見た時、私は妙な不安を感じた。それはどこか恐怖に似たものだった。

もうひとりは木地康三《きじこうぞう》という中古自動車のディーラーをしている男で、中肉中背で日焼けした顔に少し色の入った眼鏡をかけ、いつも米軍の払い下げのジャンパーに帽子を被《かぶ》っていた。押し出しの強い男であったが、話してみると案外と愛嬌《あいきょう》があり、やさしいこころねが覗くようなところがあった。

佐久間は仲間の呼び方を苗字《みようじ》と名前から文字取りして、富永安春をトミヤスと呼び、木地康三をキサンと呼んだ。私は岩倉忠男《いわくらただお》で最初ガンチュウと呼ばれたが、どうも具合いが悪いと言い出して、ただのガンで呼ばれるようになった。佐久間は自分のことを名前の秀次と合わせて、

「サクジと呼んでくれ」

と言った。私はそんな子供じみたことを言い出す佐久間の性癖が可笑しかった。

それでもいつの間にか皆佐久間のペースに乗って、略称で呼び合うようになっていた。

麻雀の方はトミヤスがどちらかというと守備型で、脇の固い麻雀を打つのに対して、キサンは何度かに一度大技を仕掛けるようなところがあった。副露《フーロー》した局面にも威勢があらわれる時があり、息遣いに手役がうかがえた。

佐久間は四人の中で一番バランスが取れていた。攻防の勘処を摑むのが上手く、押し引きが巧みであった。その上、気配りがよくきき、キサンが仕掛け手を和了《ホーラ》できずに惜しむように手役をそれとなく見せると、佐久間はさらりと慰めを言う。それが嫌味に聞こえなかった。キサンの麻雀は己の手役を見せたり、威勢を張って感情を露見させてしまう甘い所はあったが、それが残る三人に、これは遊びなのだと確認させる役割りをしていた。そのせいか必要以上に勝負にやっきになる者はなく、感情的にならずに済んだ。そこらあたりも四人の関係を長続きさせていた。

「ガンさんはいつも冷静だよな。それに今日の最後の半荘《ハンチヤン》の南場の三局、八巡目に切り出した發《ハツ》なんかキサンに聴牌《テンパイ》させようとしたんじゃないのか」

佐久間は驚くほどよく局面を記憶していた。その日打った麻雀のどの局の何巡目に相手が何の牌を切り出したかまで覚えていた。しかしそれをトミヤスとキサンの前で口にすることはなかった。

その麻雀を年の瀬、徹夜で打つことになった。大晦日《おおみそか》から元旦にかけてのことだった。互いの家族や抱えた事情を私は知らなかったが、ともかくこのメンバーで年越しをする方を四人とも選んだ。昼前に麻雀は終り二人と別れて、私は佐久間と中華街へ行った。

その時初めて私は佐久間と話らしい話をした。

「この店でよくトミヤスと逢う」

大通りから少し路地に入った小店で、店構えは世辞にも綺麗《きれい》と言えなかったが、注文してすぐにテーブルに放り投げられるように出た小皿に盛られた酒肴《しゅこう》の臓物は美味であった。

「トミヤスもこの臓物《マメ》を食べてやがった」

佐久間は小骨か臓石でも入っていたのか、口の中のものを床に吐き捨てて、笑いながら言った。私は汗を掻きながら臓物を頬張っている富永の姿を想像した。麻雀をしている時と同様、悪い方の右足の靴を脱ぎ、足の先を器用に左足の脹《ふく》脛《はぎ》に引っかけて座る愛嬌のあるうしろ姿が浮かんだ。

「あの〝いこい〟のこれだが……」

佐久間はビールから老酒《ラオチュー》に替えたコップの酒を飲み干しながら、定食屋の名前を出し小指を立てた。

「あの女主人の男を見たことがあるかい？」

「たぶんあの男だと思うが……。丸坊主の太った男のことか」

〝いこい〟で時折、頭を剃《そ》りあげた小太りの男が大きな荷を背負って店に入って来たり、調理場の奥で煙草を呑《の》んでいるのを見かけたことがあった。

「そうよ、あの海坊主。片岡《かたおか》という男で山手《やまて》の先の、山元町《やまもとちょう》で二年前までペンキ職人をしていたのよ。それが、野郎は一年半前にとんだ災難に遭ってな。野郎はその女房と子供、それにじいさんとばあさんまでもがいっぺんに死んだのよ。それも火事でな」

佐久間の頬が赤くなっていた。彼は目の前の蟹《かに》の足を摑み、黒豆の汁と蟹味噌のべっとりと付いた指で楊子《ようじ》を器用に動かしながら身を取っていた。

「それは可哀相《かわいそう》にな……」

私が言うと、

「そう思うかい？」

彼は片目をつむり、蟹の足をゆっくりと顔の前で横に振った。

「俺は去年の春先、片岡とあの女の三人で、女の里があるという新潟の東三条《ひがしさんじよう》まで出かけたことがあるんだ。勿論《もちろん》、酔狂で同行したんじゃない。俺は弥彦《やひこ》へ競輪に行こうとしていて、横浜駅でたまたま連中と乗り合わせたんだ。むこうが挨《あい》拶《さつ》したものだから、行先を聞きゃ、目的地は隣り駅だ。それで連れ立ったんだ。上野からの電車の中で二人の様子を見ていたんだが、まるで若い連れ合いのように傍目《はため》で見ていても汗を掻くようないちゃつきようだった。そんときに俺は妙なことに気付いたんだ。ほんの半年前に海坊主は家族を亡くしたっていうのに、そん時の野郎の様子にはまるでそんな気配のかけらもないんだ。それで少し地元の連中に聞いてみたんだ。そうしたら、片岡とあの女は、片岡の家族が焼け死んじまう以前からできていたんだ。おまけに家が焼けた時に海坊主はあの女といたらしい。放火って線で警察《サツ》もかなり調べたって噂だ。この話どう思うよ？」

佐久間は蟹味噌の付いた手の持って行き場に惑いながら、私を笑って見た。その時、表通りから靴音がして、店の子供だろうか、数人の子供が大声で店内に入って来た。その中のひとりが私たちのテーブルの脇でもんどり打って転んだ。その拍子に子供が手にしていたものか、一枚の札が私たちのテーブルの上に飛んで来た。

佐久間はその札を指でつまむと、鼻先まで近づけてじっと見つめていた。

「ほう、この街のガキはまだこんなもんで遊んでいるのか……」

佐久間は言って札をつまんだ手を上げ子供を振りむいたが、彼等は店の奥に消えていた。佐久間はその札をもう一度見直してから上着のポケットに仕舞い込んだ。

小一時間で私たちは中華料理店を出た。私が本牧に戻ろうとすると、佐久間は近くのホテルで一杯飲まないかと誘った。私も斡旋屋の小部屋に帰っても別に用事があるわけでもなかったからつき合うことにした。よく晴れた日で中華街から山下橋《やましたばし》の方へむかって歩いていると、初詣へ出かける何組かの家族とすれ違った。晴れ着を着た若い娘の髪飾りが冬の陽差しにきらきらと反射していた。家々の門には日の丸の旗が掲げてあり、木枯しにはためく白と赤の色彩がまぶしかった。佐久間も私と同様、周囲のまぶしさがいたたまれなかったのか、私たちはいつの間にか歩調を速めて波立つ湾が見える山下橋を渡って行った。

Bホテルのバーではすでに酔っている外人たちが大声を上げ酒を飲んでいた。ほとんどがベトナム帰りの兵隊たちだった。佐久間はバーテンダーと知り合いで、私たちはカウンターの隅に案内され酒を飲みはじめた。二人とも黙って飲んだ。しばらくすると佐久間がポケットから何かを取り出してカウンターの上に置いた。それは先刻中華料理店のテーブルに飛んで来たメンコだった。ロケットの上に二人の水兵と娘が跨《また》がって空を飛んでいる漫画が描いてあった。佐久間は頬杖《ほおづえ》をついて、その札を見ていた。

「ガンさん、笑うかもしれないが、俺はガキの時にこのメンコを集めてたんだ。いろんな種類のメンコがあってな、相撲取《すもうと》りや野球選手、水泳選手もあったな……」

「ああ、たしかにあったな」

私が相槌《あいづち》を打つと、佐久間の口元が少しゆるんだ。佐久間の白い指が札を撫《な》でていた。

「俺の生家は父親《おやじ》の代までは寄居《よりい》じゃ、ちょっとした山持ち田畑持ちでな。本家のガキは俺一人だったんでたいがいの遊び道具は買って貰えた。ガキが乗る輸入ものの車まで買う可愛《かわい》がりようよ。けど俺はこのメンコが好きでな。家の者が東京まで出かけて買って来てくれてた。なかなか気に入ったもんはないんだが、たまに上等なのが手に入ってね。上等ってのも変だが、ガンさんは知っているかな、写真を貼ったものがあって……」

　私が頷くと、佐久間は白い歯を見せた。

「それを眺めてると札が勝手に相撲をはじめたり、野球をはじめるんだ。吉葉山《よしばやま》と松登《まつのぼり》が土俵の上でぶつかったり、杉下茂《すぎしたしげる》がマウンドの上で大下弘《おおしたひろし》を睨みつけていたりする顔がはっきりと浮かんで来るんだ。妙な話だが、松登の頭が吉葉山の胸元に突進してぶち当った時の鈍い音まではっきりと聞こえて来るし、大下が杉下のフォークボールを見事にホームランで打ち返す打球音も、青い空に昇って行く白いボールも見えるんだ……」

　どこか遠い場所を見つめるように話をしている佐久間の表情に、私は安堵を覚えた。彼は急に目をしばたたかせて私を見ると、

「可笑しな話をしちまったな。どうかしているな、俺は」

と空のウイスキーグラスを振ってバーテンダーを呼んだ。

「そうでもないさ」

　私が言うと、

「俺はガキの時、部屋の中でずっとそうやって遊んでいたんだ。父親は俺のそんな性格を嫌がりやがってね。酒に酔って怒り出すと、俺を土蔵に入れやがった。

あいつは早いうちに俺に見切りをつけたのか、仕事もせずに放蕩《ほうとう》のし放題だった。俺には一人、あいつが小作人の娘に手を出して生まれた兄貴がいたんだが、そいつにも見放されてよ。家を飛びだした俺が受け継いだのはあいつの放蕩の血だけよ。父親は俺を探し出して始末をしてやると言いながら死にやがった。残ったものに借金までつけて、俺が逆に寄居の家を始末してやった」

と吐き捨てるように言った。今しがたまでの子供時代の話をしている顔と父親の話をしはじめた途端に見せた佐久間の顔は別人のようだった。

その夜、私は正月休みで誰もいなくなった斡旋屋の事務所の中三階にある小部屋で雨漏りのシミの付いた天井を見ながら何をするわけでもなく寝転がっていた。昼間見た冬の陽差しの中で笑っていた家族連れや日の丸、山下橋の欄干からちらりと見た兎《うさぎ》が走るような波頭などが浮かんだ。どれも皆私にはまぶし過ぎる光景だった。

やがて夕刻になり、仄暗《ほのぐら》くなった天井に暗い土蔵の隅にしゃがみ込んでいる少年のうしろ姿があらわれた。少年は高窓からわずかに差し込む光が当る場所で床に並べた絵札を眺めていた。白い手編のセーターの袖口から覗いた少女のように細い指が器用に絵札を選び出し、口の中でぶつぶつと何事かを呟きながら、絵札を並び替えていた。数枚の絵札が少年の前に残り、周囲には無数の死に絶えたような絵札が、彼を取り囲むように散乱していた。それは孤立した少年の幻影にも見えたが、そうではない証拠に少年の白い背中は時折、獲物を見つけた獣のように丸く膨むことがあった。子供も大人も関係なしに、己が独力で発見した快楽に対峙《たいじ》している者だけが見せる奇異な気配が、そのちいさな幻影にはあった。

少年が佐久間の過去であったかどうかは曖昧だが、その夜以来、佐久間が他人から見て突拍子もないことをしでかしても、私には土蔵の少年の幻影と佐久間が重なり、彼の思い描いていた絵札を探そうとしているだけの行為だろうと考えるようになった。それは私が勝手に作り出した佐久間の過去なのだが、奇妙な親しみが湧いたのも事実だった。少年の幻影があらわれると鼻の奥から閉塞された場所だけが持つ、饐《す》えたような匂いがするようになった。記憶に匂いがあるのかどうかはわからぬが、その匂いが佐久間の周辺から懐かしさとともに漂っていた。

その年の節分が過ぎた頃、関東地方に何年か振りの大雪が降った。

数日、雪は降り続き、荷役の仕事も大半が休みになったほどだから相当な降雪量であった。金沢八景の方では電信柱が倒れて停電になり、一部の場所で電話も止まった。電車も車も走らなかった。根岸の坂で子供たちが箱に乗って橇遊《そりあそ》びをしているのを見た。

その雪の午后に、佐久間が私を訪ねて斡旋屋の事務所にやって来た。佐久間は男を一人連れていた。顔付きは温和に見えたが所作はあきらかに素人《しろうと》ではなかった。

「この雪じゃ、そっちの仕事も止まっちまったろうから少し遊ぼうかと思ってな」

三人で雪の街に出た。雀荘に富永が待っていた。

「キサンは厄介事で九州へ行って戻れないらしい。それで知り合いを連れて来た」

男は無表情に富永に頭を下げた。麻雀を打ちはじめて、佐久間と男の会話で二人が他で麻雀を打っていることや、三人麻雀を打つようになったのもこの男たちの仲間からだったとわかった。男は横浜《ハマ》言葉を話すのだが、時折、言葉の端に関西訛《なま》りが出た。普段から無口な富永が、その日は貝のように押し黙って打っていた。富永も佐久間が連れて来た男の素性がわかっていたのだろう。二時間余り打ったところで富永が切り上げの時間を口にした。佐久間が富永の顔を見た。富永がこんなに早く切り上げの時間を口にしたのは初めてだった。

「トミヤスよ、この雪じゃ仕事にならないだろう」

佐久間が私の顔を見ながら言った。

「俺の仕事は天気は関係ないんだ」

時計の修理をする富永には天候など関係はなかったが、富永の口調はいつもと違ってぶっきら棒に聞こえた。

私はトイレに立った。卓に戻ろうとして、私は富永が右の足に靴を履いたままなのに気付いた。それから二時間余り遊んだが、富永の麻雀はあきらかに普段と違っていた。不必要な局面で無理を通そうとする。相手の仕掛けにも平気でむかって行き、守勢を無視していた。そうなれば、自滅してもおかしくないはずの富永に手が入り、逆に私も佐久間もフォームが乱れ、残りの麻雀を富永が勝ち切った。時間になり最後の局が終ると、富永は無表情に立ち上り出て行った。富永が雀荘を去った後も私たちは麻雀を続けた。三人になってから男が勝ちはじめた。途中レートを上げたいと佐久間が言い出したが、私は断わった。佐久間と男が別に差し馬をしていた。佐久間の麻雀も、それまで私が知っていた彼の麻雀と違っていた。

結局、その夜は佐久間の一人負けで終った。精算の現金とは別に佐久間は小紙に数字を殴り書きして男に渡していた。男は金と小紙をポケットに仕舞って雀荘を先に出た。その時、佐久間が男が出て行った後のドアに目を配ってから一瞬だけ卓上の牌をじっと睨んだ。その表情が青褪《あおざ》めていた。

佐久間と男の関りはわからなかったが、富永がその日の麻雀を早く切り上げたかった理由がわかる気がした。木地に代わって男が入っただけで、それまで四人が持ち続けていたものが姿を消し、まるで別のゲームをしているように思えた。所詮博打《ばくち》であるから相手が誰であろうと金の奪い合いをすればいいのだが、砂利道の上を一輪車でバランスを崩さないように遊んでいたものが急に鋭利な刃《やいば》が突き出した地面の上を、いったん転ぶと血だらけになるような場所でペダルを漕《こ》いでいる遊戯に変わった気がした。私は最初、相手の男が素人ではなかったことが影響しているのかと思った。数日後に佐久間の口から聞かされたことだが、男は当時、関東に進出しようとしていた関西のY組が足がかりで横浜へ送り込んだM組の者だった。富永はそれから一ヵ月余り、木地を入れての麻雀の誘いも断わったし、〝いこい〟で顔を合わせても喫茶店までは来なかった。三人とも当惑した。

佐久間が富永をどんなふうに説得したかはわからなかったが、三溪園《さんけいえん》の桜の花が咲きはじめた頃にまた四人が遊ぶようになった。四月の初め、夕刻、麻雀を終えると夜から皆して桜でも見物しようということになった。

弁当は富永が知り合いの仕出し屋から用意して来て、酒と茣蓙《ござ》とカーバイドを、木地の商品の派手な赤色のアメリカ車に乗せ、金沢八景へ出かけた。米軍のラジオ放送のボリュームを一杯に上げて16号線を走った。

車の中で最初の内は皆どこかぎこちなかった。大きな車だった。前のシートに運転の木地と佐久間が乗り、後部に富永と私が革製のシートに背を埋《うず》めるように乗っていた。

「アメ公はこんな車で女と遊んでやがるんだから、日本が戦争に負けたはずだ」

木地が言った。

「これじゃ、家が動いてるみたいなもんだ」

富永の言葉に皆が笑い出した。

木地は16号線をいったん山側に右折し、狭い山径を登り出し、山の中腹を一周するかたちで尾根を下った。

「キサンはよくこんな山径を知っているな」

佐久間が言うと、

「ああ以前、ここらによく雉子《きじ》を撃ちに来たことがあってな」

木地の言葉に窓の外を見ると、径はさらに狭くなった上に草木の匂いがしていた。

「本当に雉子かよ。頭の黒い山鼠《やまねずみ》じゃなかったのか」

佐久間がからかうように言った。クスッと笑って佐久間を見返した木地の顔がバックミラーに映った。

佐久間と木地は時折仕事のことで逢っているようだった。佐久間は保険の代理業をやっていた。

――ガンさん、俺の保険の客は皆幽霊なんだよ。

以前、酒を飲んだ時に佐久間が可笑しそうに言っていた。

車のディーラーをしている木地と保険業の佐久間が仕事で関るのはごく自然に思えたが、麻雀が終った後の雀荘の片隅や喫茶店のテーブルでひそひそと彼等二人が話し込んでいる姿を見ているとどこか危なげな感じがした。運転席と助手席に座って笑い合っている二人が山中に誰かを引っ張り込んだり、何か厄介を運び込むようなことがあってもおかしくはない気がした。

木々の間を走っていた車のフロントガラスから木影が失せた途端、目の前に月明りにかがやく海があらわれた。運転をしていた木地以外の三人が思わず声を上げた。それほどその海景は美しいものだった。車は山径のどん突きで停車した。

春の月が中天に鋲《びょう》で止められたようにかがやき、皓々《こうこう》とした月明りに夜の海が照らし出され、水平線がくっきりと東から西へ浮かび上っていた。その水平線が西の端で暗黒の相模《さがみ》の海にまぎれるあたりに三崎《みさき》の燈台《とうだい》であろうか、かすかな光が点滅をくり返していた。逆方向の東端には横浜の工業地帯が大きな海月《くらげ》が膨んだような光を放ち、そのむこうに千葉の海岸の灯《ひ》がゆらめいていた。それにもまして目の前の海の色彩はあざやかであった。人の肌の色に似た月色に照らし出された海は、そこだけが昼間の紺碧色《こんぺきいろ》の海色を思わせる青と濃い紫が潮に入り混じりきらめき、沖合いに岩礁でもあるのか時折、波が立つと銀色の光を放った。その色彩の中心を海に映り込んだ月光の帯が、真っ直《す》ぐに私たちが立つ岬へむかってゆらいでいた。

私たち四人は車から降りて、しばしその美眺に見惚《みと》れた。四人とも何も言わず海に目をやっていた。海辺の土地で生まれ育った私でさえこれほど見事な海景は見たことがなかった。案内した木地が吐息を洩《も》らしていたほどだから、佐久間も富永も同じ感慨を抱いていたはずだ。

「さあ、桜を見ようぜ」

木地が先に歩き出して、三人は草叢《くさむら》に伸びた木地の長い影を踏むようにして続いた。しばらく行くとちいさな墓地があり、そこを迂回《うかい》するように歩いて行くと、岬の突端にむかって桜並木が続いていた。白絹の衣をまとった女が並んで踊っているような美しさだった。

「こりゃ、絶景だな」

佐久間が声を上げた。

月明りに浮かび上った桜の花の群れは唐突に美し過ぎて、どこか空怖《そらおそ》ろしささえ覚えるほどだった。桜木の下は崖が海に落ちているのか、波音が聞こえた。崖を吹き上げる海風に桜の花が舞い上った。

「死ぬにはいい場所だぜ、これは」

佐久間がため息をついた。

その言葉に右隣りにいた富永が、

「まったくだ」

と呟いた。

草の上に莫蓙を敷き、カーバイドを焚《た》いて灯りを取り、皆して宴《うたげ》をはじめた。富永が用意した仕出しの弁当は美味かった。別に新聞紙に包んできた臓物があった。皆好物らしく頷きながら頬張っていた。酒を飲み、とりとめのない話をした。

やがて酔っ払った富永が立ち上って踊りはじめた。悪い右足で面白可笑しく調子を取りながら踊る富永の青い影が月と重なって、私は自分たちがいっとき別の世界へ迷い込んでしまったような錯覚を覚えた。

かがやく月明りに肌をつらぬかれた富永の両手が銀鼠色《ぎんねずいろ》に光り、鷺《さぎ》が舞っているようだった。手拍子をする佐久間と木地の顔も白粉《おしろい》を塗られた稚児《ちご》のようにあでやかに映った。そのむこうに桜の花が舞い散り、月光が私たちを抱擁していた。

この春が、私たち四人の蜜月であった。この夜を境に、それぞれが生きるかたちを変えて行った。あの春の夜の享楽と異様と思える美しさは、その前兆だったのかもしれなかった。

章二　水月

春も終ろうとする頃、山下埠頭の旧倉庫で爆弾騒ぎが数件続いた。狙《ねら》われたのは旧財閥系の倉庫で、ベトナムへの兵器生産をしているからということだった。泥沼化の様相を呈していたベトナム戦争の和平交渉がパリではじまっていたが、横浜の港では相変らず南の戦場へ送り出される大量の物資の荷役が続いていた。新しい埠頭の建設はどこも連夜の突貫工事で、労働者が横浜に流れ込み、須藤の斡旋業も月毎に規模が膨んでいた。

新聞やテレビでアメリカの旗色が悪いと報道されていても、荷役の連中はホー・チ・ミンの頭の上に原爆のひとつでも落とせば、この戦争はまだ当分はやって行けると平気で口にしていた。何度か、口入れの寄せ場に文化人と称する連中がやって来て、戦争に加担するような仕事をするなとマイクでがなったことがあったが、斡旋屋の若衆がスピーカーを叩き壊し蹴散らしてしまった。それでも船会社からの達示《たつし》で爆弾等の兵器の荷役は、沖合いでの深夜作業に変更となり、私の仕事も二交代となった。夕刻に労務者を集め、夜明け方に精算を終える仕事は実入りが良く、須藤も乗り気だったが、一度荷役の現場を撮影しようとした新聞記者とでくわした若衆が傷害事件を起こし、須藤の会社は荷受け業務から外された。逆上した須藤は石川町《いしかわちょう》にあったその新聞社の横浜支社へ怒鳴り込んだ。それが余計に船会社の心証を悪くし、昼間の仕事にも影響してきたので、須藤は渋々詫《わ》びを入れて夜間の荷役から手を引いた。その顚末《てんまつ》は私には都合が良かった。佐久間たちは私の仕事に合わせて麻雀の時間を夜に変えてくれていた。新聞記者と若衆のトラブルが起きた時、私が麻雀をしていたことを知って須藤が腹を立てた。須藤は元々人遣いの荒い気質《たち》の男であったが、私が彼の下に転がり込んでから半年余りが経つと、以前より私に対してぞんざいな態度になっていた。私は須藤に詫びなかった。詫びる理由がなかった。須藤は彼なりに逃げ込んで来た私を利用していたし、こちらは須藤の思惑に乗っているのを承知していた。番頭役の葛西が仲を持って、私はまた元通りに早朝と夕刻、口入れの監督を続けた。晩婚で家族持ちになり孫ほどの年齢の子供を可愛がっていた葛西の方も夜間の仕事が失《な》くなり安堵しているようだった。それに夜間の仕事は事故が多かった。夜になると湾の中とはいえ沖合いは風も波も強くなり、二百キロもある爆弾を裸同然で積んだコンテナがクレーン操作のミスで荷揚げ船に落ち、足首から先を失くす者や肩の骨を粉々にする者もいた。その上夕刻船で送り出した員数より戻って来た時の員数が、時折減っていることがあった。それが事故のせいなのか、こちらの確認ミスなのかよくわからなかったし、かと言って湾のどこかで死体が揚ったなどという話は一度も耳にしなかった。別に兵器の荷役でなくとも、荒っぽい仕事によっては行方不明になったままの労務者が出ても、翌日には平気で次の員数を送り込む斡旋屋が横浜には何社もあった。実際、あの頃の横浜にはさまざまな人間が流れて来ていたし、行き倒れて死んでしまう者も多くいた。氏《うじ》、素性を失なった人間が相当数いた時代だった。

四人の麻雀は相変らず続いていた。

あの桜見物の夜以来、四人の間に以前と違ったかたちの連帯が生まれていた。四人ともそのことは口にしなかったが、闘牌《トウパイ》をしていても微妙な温度が感じられた。

そんな或る夜、佐久間が、

「どうだい美味い魚と酒をやりがてら、温泉と花見の宴会といかないか？」

と言い出した。

「桜はもう仕舞いだろう」

木地が笑った。

「それがキサン、まだ咲いてるんだ。連休の頃が満開だ。この話の言い出しは俺じゃないんだ。〝いこい〟のこれよ」

と親指を突き出した。私が佐久間を見ると、

「一昨日《おととい》の夕刻、〝いこい〟へ行ったら、あの主人《おやじ》から言い出したんだ。店を三日ばかり休んで、女将と温泉へ桜見物へ行くらしいんだが、贔屓《ひいき》の俺に、店を休んで自分たちだけが遊ぶのは申し訳ないんで一緒にどうかって、誘って来たのよ。俺は一度、あの二人と弥彦までの電車で連れ立ったことがあるんだ。宴会は主人が持つと言って来やがった。あの辺りは今時分、桜が盛りなのは俺も知っている。どうだい、温泉もあるし、おまけに競輪もやっている。たまには旅打ちも悪くはないぜ」

そう言って佐久間は赤い舌先を出して下唇を舐《な》めた。

「旅打ちで、弥彦の桜か……。悪くはないな」

競輪好きの木地が頷いた。

「トミヤス、どうだい、そっちは？」

佐久間が富永を見た。富永は首を少し捻りながら、牌を打ち出した。佐久間は

富永の打ち出した牌を碰《な》いて、

「麻雀も思う存分打てるぜ」

と身を乗り出して富永を見た。

「麻雀ならわざわざ出かけなくても、ここで打ってりゃ充分だ」

富永は顔色を変えずに言った。佐久間は口をへの字に曲げ眉を上げて、木地と私を見返した。

五月の連休前の早朝に伊勢佐木町で関東のテキヤ系のS組の幹部が路上で射殺される事件があった。横浜を根城に関東進出を計る関西のM組との抗争と噂が広がった。須藤の事務所にも数日、見慣れぬ男たちが出入りして、繁華街のあちこちに警官の姿が目立つ夜が続いた。

私は葛西に呼ばれて、麻雀を打つ連中のことを尋ねられた。私は〝いこい〟で知り合った連中だと返答した。葛西は西の者とは打っていないかと、私の目を睨むようにして問い直した。私は首を横に振った。葛西は視線をやわらげて頷いた。その折、私は三日程休みが欲しいと葛西に告げた。

五月の連休の初めに、〝いこい〟の主人に女将、佐久間、木地と私の五人は連れ立って、北へむかった。富永は来なかった。

電車に乗っている間、佐久間と木地は競輪新聞を読みながら、ずっと競輪の話をしていた。途中、〝いこい〟の主人が酒と鯣《するめ》、蜜柑《みかん》の入った袋を手に私たちの席へやって来た。

「どうもいつも贔屓にしていただいて、お顔は何度か拝見しているのですが……。私、片岡と申します……」

丸坊主の頭をこちらに突き出すようにして、片岡は上目遣いに私を見た。佐久間から、この男の家族が一夜にして皆焼死した話を聞いていたから、私は佐久間と木地にお愛想を口にする片岡にそれとなく目をやった。頭を剃り上げているせいか、顔全体が妙にてかって年齢不詳に思える。酒瓶を差し出した指先が万力で潰されたように平たくなっている。二年前までペンキ職人だった名残《なご》りだろうか。その指も脂質《あぶらしつ》で、男の体内から松脂《まつやに》に似た樹液のようなものが四六時中泌《し》み出ているのではと思えた。

男はその宵、待ち合わせる寺泊《てらどまり》の料亭旅館の場所を記した紙を佐久間に渡し、女将の待つ席へ引き揚げた。

「面白い野郎だよな。ああしているところを見ると、どっちが取り込まれたのかと思っちまうな」

佐久間は言って、ケッと笑った。

「あいつは並の精力じゃないだろうな」

木地が言った。

「そうかい？　女好きのキサンが言うのなら間違いないやな。精力絶倫なら、野郎はやっぱり身内を焼き殺してるってことか？」

「女好きはよしてくれ。トミヤスじゃあるまいし……」

木地が頭を掻きながら言った。

「それにしてもトミヤスの野郎はどうして来なかったのかな？　あいつにはどうもわからないとこがあるな……」

「おまえは野郎のことを何も知らないんだよ」

木地がさりげなく言った。

「ほうっ、トミヤスの何を知ってるってんだ？」

佐久間が唇を突き出して木地を見た。

「まあな……」

木地が含みのあるような目をして佐久間を見返した。

私たちは東三条で電車を降りると、片岡たちと別れて、弥彦線に乗り換え、競輪場へ行った。神社の境内の土地を借り入れて運営している弥彦競輪場は、日本で唯一の村営競輪場である。競輪場は山から連なる見事な杉林の木蔭《こかげ》に走路が周《まわ》っていた。佐久間の話していたとおり桜の花は盛りは過ぎていたもののまだ見頃に花を残していた。のんびりした風情が漂う、のどかな競輪場だった。私たちは場内の食堂に入り、壁に貼ってあった銀鱈定食の文字を見て顔を見合わせ笑い出した。ここが本場だものな、と言う佐久間の声を聞きながら口にした銀鱈は思ったより美味くなかった。これなら〝いこい〟の方が上だぜ、と言う木地の言葉に二人が頷いた。競輪の方は佐久間も木地も不調で、私も少しつき合う程度で、その日の遊びを終えた。

寺泊の料亭旅館は二階の宴席から日本海が見えた。檜《ひのき》の風呂に入り、宴の部屋へ上った。魚は美味であった。蟹が大皿に出て、佐久間はその蟹が気に入ったらしく片岡に世辞を言いながら蟹を肴に酒をやっていた。

私は片岡が器用に蟹の身を取り出すのを見ていた。電車の中で見た指先が蛸《たこ》の吸盤のように巧みに殻から身を引き出していた。酒が入ったせいか、片岡の顔は艶を増し、開いた浴衣《ゆかた》の襟元から覗いた胸は鞣《なめ》した革のように浅黒く光っていた。隣りに座る女将の肌が白い分だけ、目の前に並ぶ二人が異種の生き物の番《つがい》のように思えた。

——どっちが取り込まれたのか……。

電車の中での佐久間の言葉が思い出された。

宴が酣闌《たけなわ》の時、料亭の女将が片岡へ差し入れだと酒壜《さかびん》を三本ぶら下げて宴席に入って来た。

片岡は怪訝《けげん》そうな顔をして、誰からの差し入れだ、と訊いた。女将が名前を告げると、片岡は表情を変え、本人が持って来たのか、と問い質した。女将が頷くと、片岡は何時《いつ》のことだ、と腰を上げて言った。今しがたです、と答える女将の声を聞くやいなや片岡は階下へ走り出した。

皆顔を見合わせた。

ほどなく大声を上げて、片岡は一人の老人の手を引いて戻って来た。作業着のまま首に手拭を巻いた老人が片岡のかたわらに立っていた。老人は恐縮したように、お楽しみのところを申し訳ないと頭を下げ、下座に腰を下ろしたまま身を丸くしていた。

「いいからシゲさん、こっちに来なって。ここにいる人は皆うちのお客さんで気のおけない人たちだ。皆さん、この人はシゲゾウさんと言って〝いこい〟の米を分けてくれてる人ですよ」

片岡の言葉に老人はあわてて首に巻いていた手拭を取り、畳に額がつくほど丁寧にお辞儀した。仕事を終えてすぐに駆け付けたのか、上着の肩先に白い泥がついていた。

「そうかい。あんたがあの米を作ってるのか。ありゃ絶品の上白だぜ。なあ、キサン」

佐久間が木地を見て大声で言った。木地も頷き返した。

老人は口の中でぶつぶつと何事かを呟いたが聞き取れなかった。

片岡が上座に招いても老人は動かなかった。もう引き揚げると頭を下げる老人に、片岡と佐久間が寄って行き、酒を注《つ》いだ。もうたくさん、と盃《さかずき》を固辞する純朴な老人と、酔狂で酒をすすめていた佐久間のやり取りは掛け合い漫才のようで可笑しかった。

いつしか老人は調子が上り、元々の酒好きとみえて、盃を自ら手にしはじめた。そんな老人を面白がる佐久間は今年の田植えの塩梅《あんばい》などを訊いて、巧みに老人の話を誘い出していた。やがて老人は佐久間に乗せられ、土地の民謡を歌った。張りのある美しい声だった。歌い出した老人の風情が良かった。一点を真っ直ぐに見つめた瞳が澄んでおり、それが清らかな声と重なり、思わず聞き惚れてしまうほどだった。酒をすすめていた片岡が先にうとうとと舟を漕ぎはじめた。木地も横になった。

老人は佐久間と私の間に膳を寄せ、生家が地主だった佐久間の話を受けて、稲作の話を語っていた。

「それで爺《じい》さんの田植えは終ったのかい？」

「はい、五日程前に……。この辺りじゃ、一番早くに終えます……」

老人は、この土地の田圃《たんぼ》も兼業農家が増えて五月の連休にならないと田植えをしないことや、それでは田植えの時期が遅すぎて、いい米が育たないと言っていた。

「そりゃ言うとおりだ。稲は人の都合に合わせちゃくれないからな。人が稲に合わせて仕事をしなきゃ駄目だ。わかる、わかる」

佐久間の言葉に老人の目がかがやきを増すのがわかった。

「それで爺さんの田圃は遠くなのかい？」

佐久間が訊くと、老人は座敷の窓の方を指さし、すぐ裏手にあります、と答えた。

「ほうっ、なら見物しようか」

「はい、どうぞ見てやって下せえまし。わしも今から見て戻ろうと思うとります」

老人は嬉しそうに白い歯を見せて頷いた。冗談半分で話した佐久間が思わず私の顔を見返した。私も笑い返した。

片岡と木地を座敷に残し、私たち三人は表へ出た。

「いや、いい月夜だな……」

佐久間が空を仰いで吐息をついた。五月のやや欠けた月が中天に昇っていた。私たちが月に見蕩《みと》れているうちに老人はさっさと先の方へ歩き出していた。おい、爺さん、待ってくれ、と佐久間が声を掛け、二人で後を追ったが老人の足は怖ろしく速かった。

私たちが老人に追いついた時、彼は畔径《あぜみち》に腰を下ろして水田を眺めていた。私たちも老人のかたわらに座った。

「これが爺さんの田圃か？　うん、こりゃ、見事なものだ」

佐久間の吐息を聞きながら、私も目前にひろがる水田をゆっくりと見渡した。

私は目を見張った。中天に浮かんだ月明りに照らされた田の水は紫色に光り、月を映した中央から黄金色《こがねいろ》、橙色《だいだいいろ》、藤色《ふじいろ》、紫色と色重ねをしたような色彩を浮かべ、海からの風に水が波紋を立てる度に、それぞれの色が生きもののように揺れていた。その色彩の中に苗の葉先が赤児のごとく並び、吹き寄せる風に両手をひろげて遊んでいた。その苗をじっと見ているうちに、私は夢の中に何度かあらわれる、あの矮人たちを思い出した。苗は水底の土に根付いているのだろうが、色彩を映した鏡に似た水面は張りつめた氷のようにも見え、その氷上を矮人たちが遊び回っている光景があらわれた。喜悦の歓声があちこちから聞こえはじめた。

「いや、これはたいしたもんだな……。俺もガキの頃に田植えの後の水田は何度も見てるが、これほどだとは思わなかったぜ」

佐久間の声がした。

「はい。稲が立派に実った豊穣《ほうじよう》の秋を一番美しいという人もありますが、わしには、この時期の田圃が一番良く思われます」

老人が張りのある声で言った。

水音がした。見ると老人が水田の中に入っていた。老人は身をかがめて水に手を入れ、苗を撫でるようにしていた。

「まるっきりてておやと赤ん坊だな」

佐久間が老人の姿を眺め、ひやかすように言った。老人は声に振りむき、満足そうに頷いた。

老人は水田から揚がると、そこでひとしきり昔話をはじめた。それは老人の幼な友達の話だった。

それは奇妙な話だった。

老人が独り言のように語り出したのは、彼の幼な友達の作造《さくぞう》という男の話で、二人は同じ申年《さるどし》生まれで、互いの家も田圃も近かったので、赤児の頃から兄弟のように育てられたという。農繁期などは畔径の柿の木に二人して仔犬《こいぬ》のように縄で括《くく》られて遊んでいた。子供の時分は何をするのにも二人で行動し、稲作の仕事を手伝うようになったのも同じ年だった。

「サクは子供の時から器用な奴で、田の仕事も覚えが早くて、稲を育てることじゃ、図抜けた腕を持っておりました。百姓にも力量がありまして、わしはサクからずいぶんと米のことを教わりました。苗も稲も自分の子供のように可愛がる奴でした。サクの稲田は、それはもう美しいもんでした……」

遠い場所を眺めながら友のことを懐かしそうに話す老人の姿が田圃の中の地蔵

のように見えた。

二人は同じ年の春に兵隊にとられた。その年の秋、作造は軍隊での訓練中に頭を負傷し、ほどなく村へ戻って来た。働き手が次から次に兵隊にとられ、老人と女手しかなかった村で、作造は他家の稲田の仕事をすすんで手伝ったという。

「そのサクの様子がおかしいのに気付いたのは、サクと懇ろになっておった女でした。夜半にサクが山の中を駆け回って戻って来ることがあったそうです。そうしてサクが暴れたのが、翌年の田植えの祭りが終った夜でした。サクは自分が手塩にかけて植え付けた水田を一晩で土ごと掘り返し、滅茶苦茶《めちゃくちゃ》にしたのです。それは無残だったそうです。朝、目を覚ました女どもがサクの田を見て悲鳴を上げ、血相を変えて村長の家へ飛び込んで行きました。年寄りは、その田を見て、初めは爆弾でも落ちたのかと思ったそうです。百姓がそんな酷《ひど》いことをするとは想像もつきませんからね……。誰の仕業かと詮索しているうちにサクの姿が見えないことに気付き、村中を探しました。そうして鎮守の森の祠《ほこら》の中で泥だらけになって倒れているサクを見つけたそうです。年寄りが何があったのか、と問い質しても、サクは何ひとつ覚えていなかったということです」

「それはどういうことだ？」

佐久間が老人に訊いた。老人はちいさく頷いた。

「はい。翌年の田植えの祭りの後で同じことが起こりました。すでに所帯を持っていたサクの女房が夜明け方、異様な物音に気付いて外へ出て、自分の水田を毀しているサクを見つけました。田圃はもうかたちを失くしておったそうです。村長が、軍隊で頭を負傷したのが原因だろうと医者に診せたのですが、何もおかしなところはなかったそうです。それからは田植えが終ると、村の者がサクを取りおさえて縄で縛りつけるようにしました。サクは自分の行状がわかっているのか、泣きながら括り付けられていたそうです。戦争が終り、私は村に戻って来て、その話を聞かされ驚きました。私はサクに、どうしてそんなことをするのかと訊きましたが、当人が覚えていないので、なす術《すべ》がありません。翌年、田植えの間も私はサクを見ていました。田植えが終り、サクの水田を眺めると、それは見事なもので、惚れ惚れするような仕事振りでした。私はサクを縛る手伝いなどできませんでしたから、宴にも出ないでサクの水田を一人で見ていました。そうしているうちに、サクを助けてやりたくなりました。サクの縄をほどいてやり、二人して、この水田を眺めれば、きっとサクは元のあいつに戻ると思ったんです。私はサクの閉じ込められていた納屋へ行きました。サクは私の顔を見た途端、泣きながら口に詰め込まれた布を噛むようにして呻《うめ》いていました。ガキの時からずっと一緒だったサクが泣いて私に訴えとるのです。私も腕力には自信がありましたから、サク一人が暴れてもおさえつけられると思ってました」

そこまで話して老人は大きな吐息を洩らした。

「それでどうなったい？」

佐久間が身を乗り出して老人を見た。

「これでございます」

と老人は左手の指を開いて見せた。薬指と小指が半分欠けていた。

「爺さんの指を噛み切ったのか」

佐久間の声に老人が力なく頷いた。

「縄をほどいた途端、もう昔のサクではありませんでした。狂うとりました。私は大声を上げて村の衆を呼びました。私の他にも若衆が大怪我をし、私が手を噛ませて、ようやくサクを取りおさえました……」

「それからそいつはどうなった？」

「二年同じことが続いて、三年後の五月に、口に銜えさせたボロ布が弛んで、自分で舌を噛み切って死にました。何もしてやれませんでした……。子供の時から兄弟のようにして来たサクに、私は何もしてやれませんでした」

そう言って、老人は声を上げて泣き出した。

「おい、どうしたってんだ？　泣くな。それよりなぜそいつはそんなことをするようになったんだ？」

佐久間が訊いても老人は首を横に振って泣くばかりだった。

佐久間が呆《あ》きれ果てたという表情をして私の顔を見た。

「サクが哀れで、サクが……」

子供のように肩を震わせて泣く老人を佐久間が怒鳴りつけた。

「やかましいやい。いい加減にしろい。そいつの頭がおかしかっただけだろう。手前が話しはじめたことで何を喚《わめ》き立てやがる」

佐久間は老人の胸倉を摑んでゆすった。

「佐久間、何を興奮してるんだ。年寄りの戯言《たわごと》じゃないか」

私の言葉に佐久間は激しく首を振り、泣き続ける老人をまた怒鳴りつけた。

私は立ち上り、佐久間の腕を取った。佐久間がその手を振り払った。

「爺さんは酔ってるんだ。そろそろ引き揚げよう」

「いや、酔っての話じゃない。俺にはわかるんだ」

「佐久間、おまえは、この爺さんに何を言わせたいんだ?」

振りむいた佐久間の目が異様に光っていた。佐久間は大きく息をひとつついて、老人の胸倉を摑んだ手を放し、

「いい加減なことを言いやがって」

と老人の足先に唾を吐き出した。

私たちは老人をその場に置いて畔径を歩き出した。振りむくと、蹲《うずくま》った老人の影が何年もそこに置かれた石のように見えた。


宿に戻ると、片岡も木地も休んだ後で、茶漬けでも召し上りますか、と訊く仲居の言葉に佐久間は、少し飲み直そうぜ、と酒を注文した。私も落着かない気分だったのでつき合うことにした。二人とも無口になっていた。

「妙な具合いになっちまったな。あれが泣き上戸の酒って奴だな。とんでもない野郎だ……」

佐久間の差し出した銚子《ちょうし》の酒を盃に受けながら、私は先刻の老人の話した作造のことを考えていた。

「たしかにガンさんの言うように戯言だよな」

佐久間はそう言って盃の酒を飲み干すと、自嘲するように、フフッと鼻で笑った。その笑い方が、普段の佐久間とはどこか違っていた。私も胸の隅が妙にざわついていた。おそらく佐久間はひやかし半分で水田の見物に行ったはずだ。それは私も同じだった。あの老人とて自分の水田を覗いて引き揚げるつもりだったに違いない。それが月に照らし出された水田を眺めているうちに、ひょっこり作造があらわれた。そこからは酔いも手伝って、柿の木に括られた赤児に戻ったのだろう。酔狂のつもりが、佐久間も私もとんでもない時間の中に取り込まれた気がした。

「ガンさん、どう思うよ、あの話……」

佐久間がぽつりと呟いた。

「………」

私は黙って酒を飲んだ。胸のざわめきは、はっきりした不安に変わっていた。

「爺さんの作り話にしては絵図が描け過ぎてるだろう。ならどうして手前の水田をぶっ毀したのかな、サクって野郎は」

煙草をくゆらせている佐久間の目がどこか一点を見つめ、口にしている言葉も私にむかっていない。

「さあ、どうしてだろうな……」

私は曖昧な返答をした。作造という男の奇行を否定することが私にはできなかった。しかしそれを口にすると、私も佐久間も得体の知れないものに触れ合ったことを確認し合う気がした。

「さあ、寝るか。明日の競輪は身を入れなきゃならないからな」

佐久間は自分に言い聞かせるように腹から声を出し立ち上った。

宴会場を出て、それじゃ、と佐久間は歩き出し、広い廊下を右と左に別れた。

数歩先で佐久間は立ち止まり独り言を言った。

「俺にはあの男が何でそんなことをしたのかがわかる気がするんだ」

私は佐久間の背中が暗がりの中に消えて行くのをぼんやりと見つめた。

部屋に帰り、床に入ったが寝付けなかった。ひさしぶりに酒を飲み過ぎたせいで身体が火照っていた。起き上って窓を開けた。ひんやりとした風が入って来た。私の部屋の窓からは裏の山影が見え、月はすでに建物の背後に移っているようだった。

私は山影を見ながら、先刻、水田に入って苗を撫でていた老人のうしろ姿を思い浮かべた。佐久間に、てておやと赤ん坊か、とひやかされ、笑いながら振りむいた顔があらわれた。少年のような笑顔が突然笑い声を上げた。奇声に似たその声とともに水田に立つ影が足元の苗を踏み潰すように走り回った。拳を振り上げ、水田を掘り返している。その影が私を見た。

月光に照らし出されたその顔には、目も、鼻も、口もなく、のっぺらの金色の卵のようだった。これと同じ顔を、私は子供の時分に見た記憶があった。クエッ、クエッ、クックククク……、と笑い声が聞こえた。私は周囲を見回した。何の気配もなかった。窓から首を突き出して左右を覗くと、山影の切れ目に棚田になった水田が目に止まった。背後に回った月光に照らされ、その棚田は鏡のようにかがやいていた。私は窓を閉め、大きく吐息をついた。

翌日の朝、私は予定を早めて弥彦を発《た》った。

電車の乗り継ぎが悪く、一時間余り駅舎のベンチで電車を待つ破目になった。古いちいさな駅舎には他に人影がなく、すぐ裏手にある山から郭公《かっこう》の鳴く声が届いた。

「どうして気が変わっちまったんだよ、ガンさん」

別れ際に佐久間が見せた淋《さび》し気《げ》な表情が思い出された。その顔を見た時、このままつき合ってもいいような躊躇いも湧いたが、私は佐久間に競輪を頑張るように告げてタクシー乗場にむかって歩き出した。競輪に興味がないわけではなかった。正直、出かける前から今回の旅は鬱陶しかった。こうして佐久間たちと別れ、ひとりで名も知らぬ駅舎に佇《たたず》んでいると、妙な安堵が自分の中にひろがるのがわかった。

——佐久間たちに少し関り過ぎたのだろうか？　そうかもしれない……。

足元を背後から風が攫《さら》った。郭公の声が止《や》んでいた。大粒の雨が、セメントの割れ目から小石の剝き出している駅舎の床を濡《ぬ》らした。乾いたセメントの中に埋まり込んだ石がぬめりと光り、その小石に片岡の潰れた指先が重なった。佐久間が片岡のことを海坊主と呼んでいたが、異様に映るあの頭よりも、巧みに蟹の身を取り出していた吸盤のような指先に、あの男が身体の奥にかたくなに隠蔽しているものが露見している気がした。あの指先が大人の身体ひとかかえもある油壺《あぶらつぼ》を背負って闇の径を歩いていても、獣さえも気付かぬほど気配を消して己の家族が眠る家の周囲に丁寧に油を撒《ま》いていたとしても、あの指を持つ男にすれば至極簡易な行為に思えた。いつの間にか駅舎の床一面に雨水が浸水していた。その水のあちこちからちいさな泡が立っていた。見ると無数の蟹が泡を吐き出しながら床を這《は》い回って、私の靴先にも数匹が乗っていた。私は靴を持ち上げて左右に振った。蟹は駅舎の床一面にうごめいている。

その時、閃光《せんこう》がきらめいて落雷の音が轟《とどろ》き、駅舎の裏手の山が揺れた。間髪を容《い》れず次の落雷が鳴り響いた。床を見ると、蟹は失せて、そこに無数の苗が並んでいた。駅舎の外のプラットホームも消えて、そこに水田が連なっていた。水田の中央に月明りを映してか、黄金色の光が四方に散って、そこからするりと人影が浮き上った。

——あの老人か……。

と目を凝らすと、振りむいた男は首から上が月光を浴びて金色の卵のような顔で、目鼻のないのっぺらぼうであった。男は両手を空に突き出し雄叫《おたけ》びを上げると、足元の苗を土ごと鷲摑《わしづか》んで投げ捨てはじめた。摑んでは投げ、投げては掘り返し、たちまち苗は跡形もなくなってしまった。目の前で奇態をくりひろげている男が作造とわかっていても、その幻影には恐怖よりも哀切のようなものが感じられた。

汽笛の音がして、私は目を醒ましたように周囲を見回した。雨合羽《あまがっぱ》を着た老婆が一人、大きな荷を背負ってプラットホームに立っていた。私は立ち上ってホームへ出た。電車に乗り込むと、訛りのある土地言葉と笑い声につつまれた。流れはじめた車窓に赤錆《あかさび》たトロッコが一台、草叢の中で雨に濡れているのが映っていた。

――どうしてそいつはそんなことをするようになったんだ？

佐久間の怒鳴り声が耳の奥から聞こえた。

――どうして手前の水田を毀しちまったのかな。

耳の中に佐久間の独白が続いた。

「そうするしか、そいつにはできなかったんじゃないのか？」

その言葉を佐久間に言いたかったが、口にできなかった。木の実が爆《は》ぜるように作造の中で起こったことは、私の中で起こっても何の不思議はないはずだし、おそらく佐久間も同じことを感じていたのだろう。或る境界を越えただけのことで、それを狂気と呼ぶのなら、正常というものがあやふやに思える。口の中に苦いものがひろがった。聞かずば知らずに済んだことを、老人に酒を飲ませたばっかりに覗き見た後味の悪さが残った。

電車が前橋を過ぎた辺りで、私は目を覚ました。車窓に雨滴が流れていた。

「ガンさん、トミヤスがどうしてこの旅に来なかったのか知ってますか？」

昨夕、宿の風呂場での木地の言葉がよみがえった。私が首をかしげると、

「トミヤスにはね、他人に裸を見せたくない理由《わけ》があるんだよ」

木地は石鹸《せっけん》まみれの顔を私の方に突き出した。私は富永の不自由な右足のことを思い浮かべ、その理由がわかるような気がした。だが木地は石鹸を手にした指で股間をさし、

「あいつは手前のここを自分で切り取っちまったんだ」

と言って、白い顔から目の玉だけを剝いて大きく頷いた。

「妙なことに詳しいんだな、おまえは」

私が不快そうに返答すると、木地は私の顔をちらりと見てから洗面器に勢い良く水を入れ、顔を洗い出した。

「うそだと思ってるんだろう。そりゃ最初は俺だって信じやしなかった。この話をしてくれたのは伊勢佐木町のトルコの女さ」

私は背中を洗っていた手を止めて、木地を見返した。

「そんな怖い顔をしないでくれよ。俺は別にトミヤスを悪く思っているわけじゃあないんだ。ただ時々麻雀をしていて、あいつの物が解ったような態度が頭に来

ることがあるんだ。自分だけがまっとうだって顔をしやがる」

「俺にはそんなふうには見えないがな。それに、俺のことを棚に上げて言わせてもらえば、富永がまっとうだとも思えない。それは俺もおまえも、佐久間も同じだろう」

私の言葉に、木地は、違いねえと言って大声で笑い出した。

湯船に入って目を閉じていると、木地の声がして、

「それにトミヤスはガキの女にしか目がむかないって話だ。それがわかっているから、盗《ぬす》っ人《と》が先に両手を切り落したってことよ。怖い野郎でしょうが。俺なんかにはとてもじゃないが、そんなことは……」

と湯殿の戸を閉める音で話が途切れた。

私は電車の窓に映る遠い灯を見つめていた。おそらく佐久間もこの話は知っているのだろう。半年余り、四人がつるんで遊んでいたつもりが、木地と富永には確執があったことがわかり、所詮はそういう関係だったのかと思った。

電車は河を渡り出したのか、鉄橋を渡る時の独特の車輪の軋音《あつおん》と振動が続いた。上窓に目をやると闇の中にかすかに川面《かわも》の光沢が見えた。広い河のようだった。上流の方角にぽつりと農家の灯が見える。家灯《やあか》りを鉄橋の影が断続的に消しては浮

かび上らせ、その点滅が人間の瞳の瞬《まばた》きのように映った。

　車窓にまた闇がひろがると、富永の顔が浮かんだ。富永の目はあの異様に発達した上半身とは似つかわしくない長い睫毛《まつげ》をしていた。それが時折富永が見せる冷酷とも思える態度をやわらげていた。

　私は富永と二人で酒を飲んだ夕暮れのことを思い出した。

　……その日の午前中、私は馬車道《ばしゃみち》にある映画館に出かけた。〝口入れ〟の監督の仕事が昼、夜の交代になり、時間を上手くやり過ごせずにいた。映画館は起きているにしても眠るにしても都合が良かった。古いフランス映画を観《み》ているうちに眠り込んでしまい、三時間余り座席に身体を埋めるようにしていた。映画館を出て歩き出すと、背後から声を掛けられた。振りむくと、富永が風呂敷包みを手に立っていた。麻雀は夜になっていたので、富永と昼間逢うのはひさしぶりだった。こんな時間に珍しいな。あんたは昼間寝ているとばかり思っていた、と富永は笑った。どうも、身体が上手く慣れなくてね、と言って私が別れようとすると、富永は届け物をすれば自分も仕事が終るから少しつき合わないかと誘った。

　関内《かんない》駅から少し離れた場所に、その一角だけが空襲を免れた、傾きかけた木造家屋が並ぶドヤの中に富永は私を連れて行った。こんな場所がまだ横浜に残っていたのかと思った。木賃宿、クズ屋、青線の名残りのある娼屋《しょうや》らしき二軒続きの店、食堂、一杯飲み屋、それにまだ陽は高いのに店を出している屋台が数軒あった。私はその一角を歩いているうちに、妙な懐かしさを覚えた。

「こんなところがまだ残っているんだな……」

私が言うと、富永は、

「そのうち跡形も失くなってしまうさ」

と言いながら、声を掛けて来る娼屋の女の顔を無表情で見返した。

店はどん突きにあって、手描きの黒文字で〝伊勢《いせ》や〟と看板《かんば》が見え、入口は軒に届くほど高い簾《すだれ》で塞れていた。簾のむこうから芳しい匂いが外へ漂ってきた。

富永は勝手知ったふうに簾の脇を開いて店の中に入った。十人ばかりの男女が開店の準備をしていた。床にしゃがんで仕込みをしていた女が富永を見ると奥にむかって大声を上げた。前掛けをした恰幅の良い男があらわれて富永と私を見ると、横倒してあった長椅子をひっくり返した。ビールを男が運んで来ると、富永は、冷えてないなと一口飲んで壜を男に返した。男はビール壜を片手で摑み、仕込みをしていた若い衆に怒鳴った。

「あんたはどこの生まれだね？」

富永は私のグラスにビールを注ぎながら訊いた。私が広島と返答すると、

「やっぱりな。訛りは消えないもんだ」

と言い、自分は島根の生まれだと言った。

それっきり富永は黙って飲み続けた。十本近いビールを三十分で飲み干し、ウイスキーに替えた。目がすわってきたようにも見えたが、

「あんたはやさし過ぎる。それがあんたを潰してしまうから気を付けた方がいい。もっともそれがあの二人には端《はな》っからないものだけどな」

と口元をゆるめて言った富永の口調は少しも乱れていなかった。同じ言葉を以前言われたことがあった。それを誰から言われたかは思い出せなかったが、それよりも私には富永と二人で飲んでいて先刻から胸の隅で何か奇妙なものが飛び出して来そうな感覚に戸惑っていた。富永は酒量も半端ではないが、食欲も驚くほど旺盛だった。二人してかなりの数の串を平げていたが、最後に地鶏《じどり》を一羽丸焼きにした皿が出て来た。富永は鶏の足を摑み、音を立てて腹を裂いた。その時、富永の左の二の腕から大きな痣《あざ》があらわれた。それを見た瞬間、私は息を止めた。その痣のかたちが、私の記憶の中にある忌まわしいものと瓜《うり》ふたつだったからだ。それが火傷《やけど》の跡だとわかってからも、私は胸の奥から突き上げて来る嘔吐《おうと》をとも

なう嫌悪を懸命に抑えていた。富永に何の罪があるわけではなかった。富永を〝いこい〟で初めて見た時から感じていた恐れに似た感情の理由はやはりちゃんと存在していたのだと、私は鶏を頬張っている富永の二の腕を見ながら思った。

電車が都内に入って車窓に街の灯が見えはじめた時、あの午后、富永と店を出て、彼がひとりの少女とドヤの途中で出くわし、少女の肩を抱くようにして話し込んでいた姿が、車窓に浮かんで来た。

――ガキの女にしか目がむかないって話だ。それがわかっているから、盗っ人が先に両手を切り落したってことよ。

木地の声が耳の底に響いた。木地の話が本当だとしたら、富永の抱え込んでいる厄介はせつな過ぎる気がした。私は横浜に着いたら、富永に逢おうと思った。

章三　花《か》瓣《べん》

私たちが新潟への旅から戻って来てからも富永は〝いこい〟に一度も顔を見せなかった。

佐久間も木地も、彼が顔を見せるのを待っていたが、富永はいっこうにあらわれなかった。

「何をしてやがるんだ、トミヤスは。電話しても出やしねぇ……」

〝いこい〟の後で立ち寄る喫茶店で、佐久間は不機嫌そうに言った。

「あの野郎はコレができるとおかしくなっちまうからな、ケケケッ」

木地が左手の小指を立てて、猿のような笑い声を上げた。

「あいつはそんなことで麻雀を止めるような奴じゃねぇ。きっとよほどの事情があるんだろうよ。なあ、ガンさん」

佐久間は何事かを言いたげに、私の顔を見た。

「だから、その事情ってえのが、コレだって言ってるじゃねえか。ともかく三人で囲もうぜ」

木地が吐き捨てるように言った。

数日前と同じように、私たちは三人で雀荘にむかった。表通りに出ると、新埠頭の工事現場へ砂利を運ぶトラックが猛スピードで数台立て続けに走り抜けた。砂煙りが舞い上って、三人とも顔を背けた。木地が咳込《せきこ》んだ。その咳が止まらず、木地が片手で胸を抑えたまま身体をくの字にしていると、佐久間は木地を抱くようにして背中を擦《さす》ってやった。

大丈夫か？　佐久間が声を掛けると、木地は顔を真っ赤にしたまま目を瞬かせて頷いた。それでも咳は止まらず、木地の目から涙が出ていた。ほれっ、そこの洗い場で水を飲めって、佐久間は木地を抱きかかえて脇にあった自動車修理工場の洗い場まで連れて行った。佐久間が差し出したホースから出た水を木地は両手で受けて口にしようとした。しかしすぐにまた咳込んで手から水が零《こぼ》れた。木地は両手を膝の上に置き、飲み込んだ毒を吐き出すように地面にむかって口を開き、咳をしていた。佐久間は身体を折り曲げて、心配そうに木地の顔を覗き込んでいた。佐久間の顔が青褪めていた。ホースの口から溢《あふ》れ出た水が二人の足元に音を立ててひろがっていた。

奇妙な光景だった。ひとつ間違えば人を平気で抹殺してしまうかも知れない男が二人、たかだか砂埃《すなぼこり》に引っかかって出はじめた咳で、片方は涙を流し、もう片方は顔色を変えて相手を覗いている。佐久間の手がゆっくりと木地の背中に伸びた。修理工場の暗がりにある洗い場なのに、佐久間の手が白く光っていた。木地の背中を擦っている手の動きがスローモーションフィルムのように緩慢に映り、動く度に白い残影が連なった。残影が佐久間の腕を鳥の羽のように見せた。佐久間の手が触れるたびに木地の背中が発光体のように白く浮き上がった。何かに似ていると思った。それが何なのか思い出せなかった。

咳が止んで、二人は笑いながら顔を見合わせた。驚かしやがって、いや、俺もびっくりしたぜと二人の声が工場の奥に反響していた。私は今しがたまで二人がいた洗い場を見た。水に濡れた地面が光っている。水溜《みずたま》りの中に二人の残影が揺れており、よく見ると二羽の番の鶴が逆さに映っていた。

「悪いな、待たせてよ」

木地が私を見て笑った。まだ顔が紅潮していた。その背後から佐久間が苦笑しながら歩いて来た。

夕刻まで麻雀を打った。数日前と同じような麻雀だった。佐久間も木地もいつもと変わらぬ打ち方をしているのだが、私は一人の相手と対峙している錯覚を起こした。私が牌を摑んで切り出すと、目の前で一本の手から二枚の牌が打ち出されてくる。相手がトオシをしているような場合、こんな気配がする。その頃、私は体調がおかしくなっていた。幼年期から時折起こる幻覚症があった。数日前から微熱が続いていた。

私は雀荘の主人を呼んで、アンフェタミンの錠剤を貰った。

「なんだよ、ガンさん。睡眠不足か？」

主人が持って来た緑色の錠剤を見て佐久間が言った。

「もっとましな薬を持ってこさせようか。ケケケッ」

と木地が笑った。

私は錠剤を口の中で音を立てて嚙んだ。

その日からしばらく私は〝いこい〟にも喫茶店へも行かなかった。

体調が怪しくなっていた。早朝、口入れの仕事に出かけていても、員数の確認どころか、手にした口入れの札を焚火《たきび》の中に放る始末で、屯《たむ》ろする労務者が鼠の群れのように映った。やがて発疹《ほっしん》が身体中に出ると、ちいさな瘤《こぶ》のような腫物《はれもの》が顔や背中にあらわれ、その瘤の皮膚が裂け膿《うみ》が溢れ出し、とうとう寝込んでしまった。仕事を休んで寝ている私を須藤が様子を見にやって来て、気味悪そうに私の顔を見て引き揚げていった。私は葛西に連れられ本牧の病院へ行った。診察した医師にも病気の原因が解らず、塗り薬だけを貰って帰った。食欲もなく、二週間余りで痩せこけてしまった。

そんな日の午后、階下の事務の女が佐久間が訪ねて来たことを報《しら》せた。具合いが悪いと伝えて、佐久間を帰した。

翌日の深夜、私の部屋に通じる非常階段を上って来る靴音で、私は目を覚ました。足元をたしかめるような靴音だった。

私の部屋は須藤が事務所に使っている建物の中三階にあった。鉄骨が露出した粗末な建物だった。一階は駐車場で、二階が事務所と物置きになっていた。その物置きの脇に梯子《はしご》のような階段があり、そこを登ると屋上に突き出した四畳半の広さの箱のような部屋があった。そこで私は寝起きをしていた。事務所の女は私に用があると階段を中程まで上って声を掛けていた。その出入口とは別に隣りのアルミ工場との間に鉄製の非常階段があった。部屋の出入りに私はほとんどこの階段を利用していた。ここに移り住んですぐに、滑稽な出来事があった。

或る夜、男が一人鶴嘴《つるはし》を手に私を襲って来た。その男は元々須藤の事務所で働いていたようで、私が今の〝口入れ〟の仕事をしたことで職を失なった。仕事を覚えはじめたばかりの或る朝、労務者を送り出して事務所へ引き揚げようとしていた私を棍棒《こんぼう》を手にした小柄な男が呼び止めた。男は私を睨み付けて、横浜からとっとと出て行け、さもないと叩き殺すぞと面《つら》を寄せて来た。酒臭い男の息が鼻にかかった。私は男の横面を張って、怒鳴りつけた。男は数歩後ずさり苦々しい顔で、私の足元に唾を吐いた。そこへ葛西が通りがかり、男を見つけて叱りつけた。男は葛西の姿を見ると舌打ちして、私を指さし、憶えてろと言って立ち去った。何者かと葛西に聞くと、放っておけと言った。その日の夜、男が屋上の部屋へ忍び込んで来た。元々眠りの深い体質ではなかったから異様な音にすぐに目が覚めた。小窓から覗くと、男は階段を一段上る度に階段の柵に手搔き棒のようなものを引っかけてため息を吐いていた。カーテンを開けるとアルミ工場から差す明りに男の影が浮かんだ。何かを手にしてるのはわかったが、それが鶴嘴だとは気付かなかったし、相手が昼間の男だとも、その時は知らなかった。物取りか何かだろうと思った。男がドアのノブに手をかけ、錠のかかったノブをガチャガチャと回しはじめた時、私はドアを勢い良く開けた。短い悲鳴と鉄階段を転げ落ちる乾いた音がした。表へ出ると古タイヤを積んだ暗がりに男がひとり倒れて、階段の中程に鶴嘴が引っかかっていた。翌朝、鶴嘴だけ残して男はどこかへ失せていた。後日、相手が昼間路上で因縁をつけてきた男とわかった。それから一、二度、アベックが屋上に上って、いちゃついていたことがあったので、階段の登り口に板を立て掛けて、人が侵入できないようにしていた。

靴音はドアの前に辿《たど》り着いて止まった。板を除《の》けてまで登って来た闖入者《ちんにゅうしゃ》に、私は耳を欹《そばだ》てていた。

ガンさん、ガンさんよ、いるのか、という声で相手が佐久間だとわかった。私は窓を開けて、具合いが悪いので休んでいると言った。

「それを聞いたから見舞いに来たんだ」

月明りに佐久間の笑顔が浮かんだ。

「見舞ってもらうほどのことじゃない。休んでりゃ、そのうち治る。心配はいらない」

私はひどく熱っぽかったので、佐久間の訪問でさえも鬱陶しかった。

「そう冷たく言うな。昨日の昼間来た時に事務所の女に容体を聞いたから、寄居《さと》まで行って薬を持って来てやったんだ。それに栄養をつけさせようと鼈《すっぽん》に酒だ」

佐久間は手にした風呂敷包みを持ち上げた。私は部屋の灯りを点《つ》けて佐久間を入れた。

「これじゃ、鳩《はと》小屋じゃないか。よくこんな処でやってるな。おうっ、ひでえ面だな。そりゃ死人の面だぜ」

佐久間は私の顔をまじまじと見て、手にした風呂敷包みとウイスキーの瓶を上り口に置いた。夜風が入って来たせいか、少し悪寒がした。

佐久間は上《あが》り框《がまち》に腰を下ろして包みを解《ほど》いた。私はウイスキーの瓶を取り、栓を開けて飲みはじめた。

「どれ見せてみなよ」

佐久間が顔を近づけて来た。

「たいしたことはない。こんなものそのうち消えるさ。おい、この症状は餓鬼の頃からよく出るのか」

佐久間は天井の灯りを気にしながら、私の目や喉元を覗いた。喉の瘤がなかなかおさまらなかった。

「さあ、どうだったかな……」

「赤児が黄櫨《はぜ》にやられるのに似てるな。ともかくこの薬を塗ってりゃ、二、三日の内に膿は出切っちまうだろう」

佐久間は解いた包みの中から黒や赤のちいさな紙袋を取り出した。

「ちょっと手を貸してみな」

佐久間は私の右手を取って、器用に親指で脈を取った。佐久間の手はやわらかく、指先が微妙に触れた。脈診の心得があるような動きだった。

「熱があるようだな。夜になると熱は上るのか」

私が頷くと、佐久間は窓際の洗い場に立ち、グラスと小皿に水を入れた。

「ほれ、この薬を飲んどけ、そうすりゃ朝には熱は下がる」

と赤い小紙の上に黒い豆粒のような薬を数粒のせて差し出した。私が佐久間の手元を見ていると、

「心配はない、こう見えても俺はいっとき薬の仕事をしていたんだ。そこら辺りの藪医者よりは診たてはたしかだ。この薬は安いもんじゃないんだぜ」

と水の入ったグラスを鼻先に突きつけた。

私は薬を口に入れた。舌先に辛味を感じた。

眠くなるぜ、と佐久間は言いながら手元の小皿の上に出した粉薬と水を混ぜ指先で練っていた。

「ガンさんはこんな病巣をしょい込んでるんだな。あんたにとっちゃ、厄介だろうが、俺はその面を見て安心したよ。病巣はな、どんな野郎の身体にもひとつや

ふたつあるんだ。ガンさん、あんたは自分の身体の中に何か重味のある、石みたいなものを感じることはないかい？」

佐久間に言われて、私は頷いた。

たしかに私の中にはいつの頃からか石のようなものがある気がしていた。上手く説明はできないが、そのかたまりが急に重く感じられて憂鬱になることがあった。抗《あらが》えば重味はさらに増し、放っておけば自分が何やら得体の知れない深淵《しんえん》に引きずり込まれそうな感覚がした。

「そうかい、ガンさんにも石があるか。そいつが病巣の根よ。この俺にだってあるのよ。それがごろんと落ちりゃ、たぶん楽になれるんだろうよ……」

その石のことをもう少し佐久間に聞きたい気がしたが、器用に粉を練っている佐久間の指先の動きを見ているうちに頭がぼんやりとして来た。今しがた飲んだ薬が効きはじめたのか、内臓の奥の方から熱っぽいものがこみ上げて来た。私は頭を振った。首筋から背中にかけて熱湯を浴びせられたような感触がしはじめた。その時、ドサドサと耳のそばで象でも横切ったような大きな音がした。見ると目の前で佐久間が新聞紙をひろげていた。聴覚が異様に敏感になっていた。

——何だ？　こりゃ、ＬＳＤと同じじゃないか……。

今度は骨を折るような乾いた音がした。佐久間の手を見ると大きな葉の芯を指先で揉むようにしていた。緑色が目に飛び込んで来る。

「何だそれは?」

「枇杷《びわ》の葉だ。こいつにこの薬を塗り込んで瘤に貼り付けときゃ、そんなものは二、三日で片付く」

――枇杷の葉?

私は佐久間の手から緑の葉を取った。指先で撫でると、ひんやりした冷たさが伝わって来た。芯の部分を折り曲げると、ポキリと骨が折れたような音がした。葉を摘《つま》んだ指の先の力が失せて、手先から葉が零れ落ちた。

「いいからもう横になりな。ガンさん。休んでいる間に俺がちゃんと治療しておいてやるからよ。その葉はよく効くんだよ。ハハハッ……」

耳の中で大きく響く佐久間の笑い声を聞きながら、私は身体を横たえた。佐久間の手でシャツを剝ぎ取られているのだが、身体全体が煮え滾《たぎ》った油の壺に入り込んだようで抗うこともできない。

――俺をどうしようっていうんだ。

私は怒鳴りながら目を閉じたが、自分の声は聞こえなかった。

話し声で目を覚ました。しかし瞼《まぶた》が重くて開かなかった。男の声だった。聞き覚えのある声だった。佐久間と木地の声だ。何が可笑しいのか、二人とも一言二言、言葉を交わし合っては、笑いを嚙み殺すように喉を鳴らしている。

そこまでやらすんじゃねえよ。これをひと山越えりゃ、具合いが良くなるのさ。そんなものかよ。そ、う、さ。アッ、アッ、たしかにな。ウッ、ウッ……。言葉が途切れはじめ呻き声が混じりはじめた。何をしているのかと目を開けてたしかめたいのだが、瞼が重くてできない。もどかしくなって大きく吐息をついた途端、瞼がわずかに開いた。

薄目を開けた視界の中に白い地平線が映っていた。地平線の上は空なのか、澄んだ青色が見える。地平線の果てには葉をすっかり落した針葉樹が白く光っていた。白い地平は雪原なのだろうか。佐久間と木地の姿を探したが、雪原には足跡ひとつない。鳴き声が響き渡って、上空から真っ白な鳥が舞い降りて来た。鶴であった。美しい二羽のタンチョウヅルが雪原に立っていた。純白の羽と、首と風切り羽の黒のコントラストがあざやかだった。一羽の鶴が雪の中に頭を突っ込んで何かを啄《つい》ばんでいる。もう一羽が首《こうべ》を垂れた鶴の背中を白い羽で撫でるようにした。

——どこかで見た光景だ……。

仲睦《なかむつま》じい鶴の番をどこで見たのだろうか。鶴が奇妙な動きをはじめた。ダンスを踊っているようにも見える。求愛のダンスか。交尾の前に鶴は特別な動きをすると、以前誰かに聞いたことがあった。鶴が鋭い声を上げた。一瞬、二羽がぶつかり、足元から雪煙りが舞った……。

そこで私ははっきりと目を開いた。天井の裸電球が小刻みに揺れていた。隣りのアルミ工場の機械が始動しはじめたのだ。小一時間地面から突き上げるような振動が続く。一週間に一度のことだが、この振動が起こっているということは、午前の六時前後である。少し頭が重いが、半月余り続いた熱は下がっていた。数時間眠り込んだだけで、こんなにも体調が変わるものなのか。階下で人がせわしなく動く靴音が聞こえる。〝口入れ場〟にむかう連中が支度をしているのだろう。起き上がろうとしたが、背中を括りつけられたように上半身が動かない。

喉が渇いていた。首筋に手をやると指先に固いものが触れた。摑むと、パリッと音がして、指の間に緑の葉があった。指に力を入れると、乾涸《ひから》びた葉がぽろぽろと胸に零れ落ちた。

——枇杷の葉だ。瘤に貼り付けときゃ、そんなものは二、三日で片付く。

佐久間の声がよみがえった。

私は胸元に落ちた葉の欠片《かけら》を摘んで、匂いを嗅いでみた。黄な粉に似た匂いがした。小皿の上で器用に粉薬を練っていた佐久間の長い指先が浮かんだ。

——なぜ、あいつは俺にこんなことをしたんだ？

私は首をゆっくりと捻った。首筋から喉元を撫でると瘤が失せていた。首を上げると楽に起き上がることができた。洗い場の蛇口を捻った。勢い良く出る水で顔を洗った。両手を器にして水を溜《た》めた。その水の表面に白い影が映っていた。二羽の鶴だった。耳の底で男の笑い声が響いた。笑いを噛み殺したように喉を鳴らしている奇声が重なった。呻き声がした。その瞬間、私は佐久間と木地が身体の深い処で繋っているのがわかった。それがわかった途端、私は急に笑いが込み上げて来た。

富永が横浜に戻って来たのは、梅雨《つゆ》がはじまろうとする六月の終りだった。

富永が帰って来たことを報せたのは須藤だった。その日は休日で湾内の仕事がほとんど停止していた。それでも須藤の事務所はフィリピンから入って来る荷役を受けていた。しかしそれも午前中で仕舞いになり、須藤は事務所の駐車場に仕出しの酒肴を運ばせ宴会をはじめていた。前の週に須藤の経営するボクシング・ジムに所属する新人が東日本の王座を取り上機嫌だった。葛西や監督連中を呼び集め、須藤はいつものように自慢話をしていた。須藤のかたわらで経理の女が頬を紅潮させてビールを飲んでいた。私は隅の方で、宴に加わった常連の労務者と酒を酌み交わしていた。

「おい、岩倉。たしかおまえの遊び仲間に足の悪い時計屋がいたろう」

須藤が大声で言った。私は須藤の声がよく聞き取れず、隣りにいた男に何を言ったのかと訊いた。足の悪い時計屋がどうのって……、と男が言った。

須藤は赤い顔をして、私を手招いた。私は立ち上って須藤のテーブルに行った。

「おまえ、身体の具合いはもういいのか。先週、見た時はベトナム帰りの悪い病気を貰ったんだと思ったぜ。おうっ、それで、おまえの知り合いに足の悪い時計屋がいたろう。たしかあいつだと思うが、昨日、見かけたぜ。野郎は少しここがおかしいのか?」

須藤はひとさし指で顳顬《こめかみ》を指さして言った。

「いや、そんなふうな男じゃないが……」

「そうか。ならおまえの見る目がないってことだな。あいつ日ノ出町で傷害事件を起こしてとっ捕ってたぜ。なんでも中学校の先公を半殺しにしたってことだ」

私は須藤の目を見返した。

夕暮れ、私は佐久間に富永のことを話しに行った。佐久間は私の話を聞き、わかったと返答してすぐに出かけて行った。

その夜遅く、佐久間が階下から私の名前を呼んだ。私は佐久間と二人で本牧にあるバーへ行った。

「トミヤスに逢って来た。伊勢佐木署にちょっと顔見知りの刑事《デカ》がいてな。そいつに頼んで繋《つな》いでもらったんだ。あの野郎、狂ってやがる。見舞いに行った俺に、ここを脱《ぬ》けさせろって言いやがった」

佐久間が腹立たしげに言った。

「それで富永は何をしでかしたんだ？」

「日ノ出町の中学校の教師を半殺しにしたらしい。それも教師のふぐりを抉《えぐ》り取ったって話だ」

「……」

私は新潟の宿の風呂場で聞いた木地の言葉を思い返した。

——あいつは自分のふぐりを切り取っちまったんだ。盗っ人が先に両手を切り落したってことよ。怖い野郎でしょうが……。

私は富永と初めて逢った時から、彼の肉体から不気味な匂いを嗅いでいた。

——岩倉さん、あんたのそのやさしさが、あんたを潰してしまうから気を付けた方がいい。

関内の焼鳥屋で酒をたっぷり飲んだ後、富永は口先をゆるめながら言った。

「けど野郎が脱け出したいのなら、俺はそうしてやってもいいと思ってるんだ」

佐久間がウイスキーのグラスを両手で摑んで言った。

富永が伊勢佐木署の檻《おり》の中に居ることがわかった翌夕、木地が本牧の斡旋屋に私を訪ねて来た。

「ちょいと時間はあるかい？」

上目遣いで私を見る木地の背後を見た。

「サクジは別だ。少しつき合ってくれないか」

木地が佐久間をともなわず、ひとりで私に逢いに来たのは初めてのことだった。

「賭博《これ》の方は、今は気が行《い》かない」

私が指で鼻先を掻く仕種をすると、

「そうじゃねえ。聞きたいことがあるんだ」

木地は銜え煙草の煙りに目を細め、どこかばつが悪そうな表情をした。私は木地と表へ出た。

本牧の酒場のカウンターに座ると、

「ガンさん、トミヤスが伊勢佐木署に捕ってるのは知ってるよな」

と木地が言った。

「ああ、詳しいことを昨晩《ゆうべ》、佐久間から聞いた」

「サクジはトミヤスのことで何か言ってなかったか？」

私は木地の横顔を見た。酒を満たしたグラスを持つ手の甲に血管が浮き上っていた。

「そういえば、何とかして富永を檻から出してやりたいふうなことを口にしていたな」

「やっぱり、そうか。馬鹿な野郎だぜ。まったく……」

木地はグラスの酒を一気に飲み干して口元を拭い、世話好きにも程度《ほど》があろうってよ、と吐き捨てるように言った。

「今朝まで、あいつはどうすりゃあトミヤスを脱け出させられるかって考えてやがった」

いまいましげな目で宙を睨む木地を見て、男同士の身体が繋っていることが、ここまでかたわれを感情的にさせるものなのかと、私は木地が少し哀れに思えた。嫉妬としたら……、木地のこの苛立ちからして以前にも佐久間が富永に気を奪われたことがあるのかもしれない。そう考えると、木地がこれまで何かと富永に張り合う態度をしていたことにも合点が行く。ひょっとして……、木地が私に言った富永のことは出鱈目ということか。しかし木地がそこまで絵図を描くとは思えなかった。第一、ふぐりがないとは絵ができ過ぎている。

「サクジは今頃、伊勢佐木署の刑事に逢ってやがるんだ」

木地は火の点いていない煙草を噛んでいた。

「いくら佐久間でも檻から脱けさせるのは無理だろう」

「ガンさんはサクジを知らないから悠長に言えるんだ」

木地が甲高い声で言った。私は木地を見返した。

「木地、何を尖《とん》がってるんだ。佐久間がやりたいならやらせておけ」

私が声を荒らげると木地は押し黙り空のグラスを握りしめていた。木地は踊らされている。佐久間に気が入っている分だけ目の前が見えなくなっているのだろう。私は吐息をついた。

「それで俺に何の話だ？」

「………」

木地は黙りこくっていた。私が立ち上ると、木地は腕を摑んで私を見た。

「ガンさんの言うことならサクジは聞くんだ。だから馬鹿を止めさせてくれ」

この男は自分を見失っていると思った。

「そんな善人ぶったことを、俺がするとでも思ってるのか。俺は佐久間に何の義理もない」

私が木地を見下ろして言うと、

「あんたが寝込んだ時、俺もサクジと寄居の山に枇杷の葉を採りに入ったんだぜ」

と睨み返してきた。勝手にやったことだろう、と怒鳴りつけたかったが、木地の目を見て私は座り直した。

馬鹿げた話だった。その夜、Bホテルのバーで三人して落ち合った。佐久間は伊勢佐木署の刑事に逢ってはいたが、思っていたとおり富永の身柄を引き出す算段を訊きに出かけただけだった。話を聞いて木地は呆《あき》れ返るほど陽気になった。

「そういうことだったのか。それでどんな塩梅だ？」

木地の言葉に佐久間は頷いて、私を見て話した。

「相手のふぐりを抉り取ったなんてうそっぱちでよ。たしかに太腿《ふともも》は刺しちまったらしいが、もみ合っているうちにそうなっただけで、それもたいした怪我じゃねえ。どうしてそんな話が出たんだって、刑事も笑ってやがったぜ。ともかく相手の先公に逢って話をつけさえすりゃあ、トミヤスは檻を出られる。そうすりゃ、また四人で打てるぜ。なあガンさんよ」

木地が佐久間のむこうで眉間に皺を寄せていた。笑いながらバーテンダーに話しかける佐久間と、その佐久間を目で追っている木地を見ていて、この二人はこういう厄介事をこの先何度も抱え込むのだろうと思った。

佐久間がトイレに立つと、木地が擦り寄って来て、夕方の話はなかったことにしてくれ、と片目をつぶった。戻って来た佐久間が明日は朝早くに富永に刺された教師の見舞いに行くから引き揚げる、と言った。

「俺は少し木地と飲んで行く」

私が木地を見て言うと、佐久間は怪訝そうな顔をしたが、ちいさく頷いてバーを出て行った。佐久間が出てからも私はしばらく黙っていた。

「ガンさん、何か俺に話があるのかよ」

「ああ、少しな……」

「俺も明日は早くから横須賀《よこすか》へ行かなくちゃならない。ひとつ片付けなくちゃならない面倒があってよ」

高飛車な木地の口調に戻っていた。

「それはおまえの都合だろうよ。つき合わされたのはこっちだぜ」

私が言うと、木地は目を伏せた。私は木地に彼が知っている富永のことを洗いざらい話させた。

「まったく木地《あいつ》は碌《ろく》な者《もん》じゃないわ。よくつき合ってるわね」

木地に店まで案内させ、私一人が入ったトルコ風呂の女は、煙草を呑みながら木地のことを憎々しげに言った。

女は粗末なベッドに腰を下ろし、組んだ細い脚を揺らしていた。大きな足をしていた。肩に掛けた薄手のバスローブから肋骨《ろっこつ》が浮き上った胸が見え、黒い大きな乳首が覗いている。鼻も口も、濃いシャドーで強調している目も、足と同様に大きかった。それが痩せ過ぎた手や足や胴体と奇妙なバランスを作っていた。

「木地って奴は一緒に暮らしていた女を、この店に売り飛ばした男なのよ。私はその女の子をよく知ってるの。ヤク漬けにさせられぼろぼろになって、この店を放り出されたんだから……。それは私だって事情は似たり寄ったりだけど……。さっきあんたが話してた時計屋も同じよ」

女の話では、富永は店に勤めはじめたばかりの若い女を探して、夜中の看板時に押し入るようにあらわれたという。その夜は店の男たちが追い返したが、翌朝早くに泥酔状態で店へ来て、探している女がいるはずだと暴れ出した。富永が探している女はたしかに店にいたのだが、女の方から勤めたいとやって来たため素性がよくわかっていなかった。その上店も女がまだ未成年者と薄々わかっていながら働かせていたので、富永に逢わせるわけにはいかなかったらしい。結局、数日後、女は追い出される破目になった。その数日間、富永は店に毎日あらわれた。地回りが数人がかりで殴り付けて叩き出しても、いっこうに懲りずに傷だらけの顔でやって来て、女を出せと怒鳴ったという。

「あの時計屋は狂ってたね。見ていて怖かったもの。I組の若い衆も呆れていたもの。あんまりしつこいんで、一晩、その女の子を私のアパートに泊めてやったのよ。色白で、綺麗な子だったわ。でもまだあの子は子供だったわ。そん時に女の子の口から、時計屋の気味の悪い話を聞いたの」

女が洗い場に煙草を投げた。燻《くす》ぶったままの煙草がシャンプーやら歯ブラシの入ったプラスチックの箱の脇に縦にへばり付いていた。その煙りが薄暗い洗い場の天井にむかってゆっくりと舞い上り、斜めに射《さ》す光線の加減で蜻蛉《かげろう》のように見えた。どこからか風が洩れているのか、蜻蛉が羽を揺らしているようであった。

――色白で、綺麗な子だったわ。でもまだあの子は子供だったわ……。

今しがた聞いた女の言葉が耳の底に流れ、目の前に揺れる煙草の煙りに髪を肩まで垂らした少女の裸体が重なった。透き通った肌をした少女がゆっくりとこちらにむかって歩いて来る。しかしいつまで経っても近づかない。それどころか少女の足元には水辺がひろがり、少しずつ水の中に入って行く。少女の背後の洗い場の壁に富永の姿があらわれた。全裸の富永が胡坐《あぐら》をかいて座っていた。座禅でも組むようにして両手を股間に置いていた。私は目を細めて富永の股間を覗いた。

「ねえ、あの時計屋の知り合いなの？」

女の声が遠くで聞こえた。私は富永と少女の周囲を飛ぶ数匹の蜻蛉を見据えていた。

ガシャンと物が毀れる音がして、私は目の前を見た。緑色のプラスチックのコップが足元に転がっていた。私はコップを見て、女の方に顔をむけた。

「いい加減にしてよ。もう時間よ。それとも延長するの？」

私はポケットから金を出して女に投げた。

「あら気前がいいのね。でもこんな話だけしてるのは陰気臭くて嫌だから、早く済ませてよ」

女の言葉に私はシャツのボタンを外した。立ち上って女を見下ろすと、先刻感じたグロテスクな面立ちが妙にエロチックに思えた。おかしな人ね、あんたって……、女は言いながら洗い場へ行き風呂の湯を入れはじめた。女と睦《むつ》み合っている間も、私は時折洗い場の方に目をやった。組んだ足の中は赤い、血のような液体を満たした沼のようになっており、そこに少女が立っていた。その水面に無数の蜻蛉が舞っていた。激しい梅雨の雨垂れが洗い場の窓に流れていた。雨音に女の喘《あえ》ぎ声が重なった。私は女の肋骨を両手で鷲摑んだ。女が悲鳴を上げた。

須藤の経営する斡旋屋の建物を出て桜木町《さくらぎちょう》の方へしばらく歩いて行くと、左手に海員病院があった。その古い病舎を左に折れるとちいさな橋があり、橋の下を青味を帯びた濁水が泥の臭いをさせて淀《よど》んでいた。

川は流れを失なっているように映るのだが、欄干からじっと水面を見ていると、木片や縄の端、主《あるじ》を失なったセルロイドの玩具《おもちゃ》のようなものがゆっくりと流れるのを見つけることがあり、水が流れているのがわかった。水を押し出している山手の方角は五十メートル後方から水路の上を建物が塞いでいた。逆側の海へ繋る方角は右岸に病院やアルミ工場の裏手が連なり、突き出した排水の管から汚水が流れ落ちていた。左岸は製鉄所の社宅の塀が続き、そこに百五十メートルばかりの柳並木があった。

私は時折、この柳の並木道を歩くことがあった。奇妙な並木道で、二十本ばかりの柳が社宅の塀の外に並んでいた。社宅の敷地までは道も舗装してあるのだが、敷地が終ると道は途絶え、そこから先は砂利道になって建物もなかった。誰一人歩くことのない道に柳だけが青々と育っていた。私はこの道が気に入っていた。並木道の先は古い堤の上に砂利を敷いた小径がくねくねと連なり、どん突きにもう使用されていない水門へ続く階段があった。水門の階段を登り、水門を支える太い鉄棒の脇を抜け階段を降りると、そこから旧埠頭の奥にあたる古い倉庫棟が立ち並び、水路が左に折れながら海にむかって連なっているのが見渡せた。それぞれの倉庫の裏手に階段があり、階段の先は濁水の中に沈んでいた。階段の上り口の壁も出入口があったようだが、そこもセメントで塞がれていた。以前は荷を積んだ船が出入りしていたのだろうが今は、人の気配も失せ、水も淀んだままの水域がひろがっていた。この水景を眺めていると、根の無い生活と当《あ》て所《ど》ない日々を送っている己と重なるところがあり、妙な安堵を感じた。それ以上に水門の階段から眺める風景で私の気をそそらせたのは、倉庫棟の対岸にある中洲《なかす》のようになった一角であった。鉄屑《てつくず》を山と積んだスクラップ工場と途中で建築を中止した鉄骨だけが残る倉庫のような建物の間に、海へむかって落ちる傾斜地があり、そこに七、八軒の民家があった。家といっても皆バラック小屋で、傾斜地に甲羅や脚の欠けた蟹がしがみついて生きているような様相をしていた。しかしそこには、この周辺で唯一人間の気配があった。住人たちが共同で使っている川に突き出した粗末な桟橋があり、そこで時折、女がしゃがみ込んで洗濯や炊事をしていた。赤児を背負っている女もいた。その傾斜地の左にスクラップ工場の塀があり、塀の下に古い石垣が組まれ海の方へ伸びていた。その石垣の中程に人ひとり立てる出っ張りがあるようで、子供が数人器用にそこに立ったりしゃがんだりして遊んでいた。どの子供も素足で、遠目で見てもわかる着古した服を着せられていた。それでも、その一角からはたしかな人の活力のようなものが伝わって来た。仲間の失態を笑う子供の声に赤児の泣く声が混ざり、子供を叱りつける母親の声がした。忘れていた懐かしいものを思い起こさせるような水景であった。

その日の午后も私は水門の階段に腰を掛け、陽の当る傾斜地を眺めていた。梅雨が明け季節は夏にむかっていた。背後から吹き寄せる風に柳の葉の匂いが漂っていた。数日前まで続いた雨に水路の水嵩《みずかさ》は増して、緑色から泥色に変わった水面に積乱雲が映り込んでいた。スクラップ工場の裏の石垣から子供たちが海に飛び込み、水音と飛沫《ひまつ》が川の濁《よご》れを掻き消した。

先刻までひとりの老婆が渡し場の突端で洗濯をしていた。やがて老婆が小水をして洗濯物を抱えて小屋の奥に消えると、それを待っていたように子供たちが渡し場に繋留《けいりゆう》してあったべか船に泳ぎ寄って乗り込んだ。年長らしき少年が竿《さお》を水に立てて川の中程へ漕ぎ出した。子供たちの背が丸くなり彼等が興奮しているのが私の居る場所からでもわかった。私はべか船が自分の居る水門に近づいてくれないものかと思った。子供たちの顔が見てみたかった。船を操る少年は何度となくバラック小屋の方を振り返り、水路の周囲に目を配りながら船を押し出す方角を探っていた。

舳先《へさき》に乗っていた子供が声を上げて倉庫棟の先を指さした。そこに何かを見つけたらしく、他の子供もその方角を手で指し示した。船が倉庫棟へ進みはじめた時、怒鳴り声がした。船の上の子供が声のする方角を一斉に振りむいた。男がひとりバラック小屋からあらわれて渡し場に立っていた。上半身裸の男の両肩に刺青《いれずみ》らしきものが見えた。男はさらに大声で子供たちに何事かを言った。子供たちはうな垂れたまま返答しなかった。男がまた声を上げた。舳先にいた子供は渡し場の男と先刻見つけた何ものかを交互に見ていた。よほど子供たちの気を引くものがそこにあるのだろう。また男が怒鳴り声を上げ、渡し場に繋いだ縄を船にむかって投げつけた。舳先にいた子供が泣き出した。竿を手にした少年は動かなかった。戻って来ようとしない子供たちに業を煮やして、刺青の男が渡し場に置いてあった板を投げつけた。船の中央にしゃがんでいた子供が泣きながら何事かをわめき出した。少年は竿を握りしめたまま男に背をむけていた。男がまた何かを投げつけた。子供たちの泣きじゃくる声が響いていた。少年がどうするのかを私は見ていた。

――そのまま沖合いへ出て行ってしまえ。

私は胸の中で呟いた。

少年がゆっくりと竿を立て直し、渡し場のある傾斜地にむかって舳先を回転させた。私はがっかりした。陽の当っていた風景が、私の視界の中で少しずつ光を失ない、闇に変わった。私は立ち上って、水門の階段を登り出した。階段を一段登る度に視界の中からべか船も、子供たちも渡し場の男も失せ、雨に煙る水景があらわれた。バラック小屋も失くなり、葦の生茂った傾斜地だけが浮島のようにぽつんとあった。やがて葦の間から白いものが動くのが見えた。兎か、白い小羊に思えた。水の方へ近寄って行く。私は思わず声を上げそうになった。それは数日前、伊勢佐木町にあるトルコ風呂の洗い場で見た少女であった。少女はゆっくりと水の中へ入って行った。雨に濡れた長い髪がまだ膨みを持たない乳房にへばり付き、蜥蜴《とかげ》が少女の胸元に蠢《うごめ》いているように見えた。

私は周囲を見回した。富永がどこかに潜んでいる気がした。少女はすでに肩先まで水に浸っていた。止《よ》せ、引き返せと言いたかったが声にならなかった。長い髪が水に咲く華のように一瞬ひろがって少女は水中に消えた。すると突風が吹き出し、葦の群れが揺れ、水面に無数の小波《さざなみ》が立った。波は生きもののようにひろがり、激しい風音とともに青から紫に変色し、次いで真っ赤な色彩に染まった。

血の色であった。私はその場から逃げ出そうとしたが、足も手も何かに抑え付けられたように動かなかった。風が止まると甘い香りが漂って来た。見るとすべての赤い小波が凍り付いたように静止していた。何の匂いかと周囲を見回した。足元に赤い花が揺れていた。大輪の花瓣は牡丹《ぼたん》か、芍薬《しやくやく》のようだった。顔を上げると水景は一面に揺れる花の群れで埋めつくされていた。私は息苦しいほどの花の香りに噎《む》せながら、揺らぐ花を見つめていた。

佐久間から弾んだ声で、麻雀の誘いの電話があったのは、七月の中旬のことだった。

「おい、トミヤスが出て来たぞ。今夜はひさしぶりのメンバーで打てるぜ。野郎が打ちたいと言ったのよ」

私はまた体調を崩し、寝込む日が続いていた。

「どうしたよ？　声がおかしいぜ」

佐久間が電話のむこうで言った。

「夏風邪を引いたらしい……」

「薬を持って行こうか」

「いや、何とかなる。何時にはじめるんだ」

体調は悪いのだが、富永の顔を見てみたかった。トルコ風呂の洗い場や水門で見た幻景が何かの拍子にあらわれて、その都度私はおろおろとし、不快になっていた。富永に逢い、こちらが勝手に増大させている幻想を打ち消したかった。

雀荘の扉を開けると、一番奥の卓に佐久間が座り、そのむかいに私に背をむけている富永の大きな背中が見えた。白い半袖のシャツから剝き出した太い腕を目にするのはひさしぶりだった。佐久間が私に片手を上げて笑った。富永は振りむかなかった。

「キサンがまだだ。さっき電話があって金沢八景だと言ってたから、もうじきだろう」

私は富永の右手の椅子に座った。富永は私の顔も見ないで、目の前の牌を両手で摑んでは捨てていた。佐久間が私の顔を見て、片目を瞑《つぶ》り富永を顎でしゃくるようにした。

「このメンバーはひさしぶりだな。いつ以来になるかな?　春先の花見以来か……」

と佐久間が言った。私は富永を見た。富永はひどく痩せていた。顔は青白く、脂質だった肌も乾いて、四六時中汗を掻いていた額に神経質そうな皺が刃物で刻み付けたように浮かんでいた。

「そう言やあ、時計の調子がおかしいんだが、見てくれるか」

私が言うと、

「トミヤスはもう仕事をやめたそうだ。そうだよな」

私の言葉に佐久間が促した。

富永は返事をしなかった。富永が私を見た。目の前の富永の顔は以前とは別人のように歪《ゆが》んでいた。

木地があらわれて、麻雀がはじまった。

その夜の麻雀の牌の流れは、最初からぎくしゃくしていた。皆の手が窮屈な方ばかりへ進んで行き、変形した和了役が多かった。

麻雀というゲームには時折こんな奇型ばかりを全員が抱え込んで打ち合うことがある。狐《きつね》が尾に結ばれた端布を取り除こうとして一日中ぐるぐる回っているのに似ている。四人の中では一番気が短い木地が、強引に持って行こうとした己の手役に辛抱が利かず暴牌を放り出しても、いつもならそれを見逃がさずに仕留める佐久間も構えた網の目が大き過ぎるのか、河《ホー》に捨てられた牌を眉根に皺を寄せて睨むだけだった。今まではこういう窮屈な状況を突破するのは富永の領分であった。辛抱が利かなかった打ち手が洩らした吐息のような牌で大手役を仕留めて一気に流れを変える富永の麻雀を私は何度か目にしていた。しかしその夜の富永は違っていた。何か考えごとでもあり麻雀に集中していない状態なら、それはそれで気配を察知できるのだが、富永は彼なりに懸命に立ちむかっている。しかし打てば打つほど手役が彼から離れて行っているようだった。

雀荘の柱時計がぼんやりした音を立てて、十二時を告げた時、富永が牌を手にしたまま長考していた。右手に牌を握ったまま河をじっと見つめている。

「どうしたんだ？　トミヤス、早くしろ」

木地が苛ついたように言った。それでも富永は牌を切り出さず顔を歪めたまま河を見ていた。私は北家《ペイチャ》で抜け番の局だったので、上家《シャンチャ》の西家《シーチャ》に座る富永の右手がすぐ目の前にあった。私はその時、富永の右手の中指の第一関節から先が異様に内側に曲っているのが目に止まった。時計職人の職業病なのかと思ったが、それにしても変形し過ぎていた。これまで麻雀の時も酒場で隣りにいた折も気付かなかった。ひょっとして失踪していたこの一ヵ月でそうなったのかもしれない。

「何をしてんだよ。トミヤス。早く打て」

佐久間が語気を強めて言った。その声に目を瞬かせた富永の指先から、一萬の牌がぽとりと河に零れ落ちた。

だと思ったぜ、と木地が白い歯を見せて手牌を倒した。見え透いた役満手役の和了牌を富永は手の内から零していた。飛びだな、マルAだぜ、ヒヒヒッと笑う木地の声と相手の手役も見ずにまだ考え込んだようにしている富永に、何をやってんだ、トミヤス、毀そうってのか、と佐久間が富永を睨み付けた。富永は何も返答をしなかった。それから二時間打って、ひとり勝ちの木地から仕舞いの声が出た。

精算を終えて佐久間と木地が立ち上った。私も立ち上り背後の壁に掛かった上着を取ろうとした時、

「時計はどんな具合いだ?」

富永がぽつりと言った。麻雀がはじまる前に、時計の修理を頼んだことを富永は憶えていた。私は富永の顔を見返した。富永は牌に目を落したまま手にした牌をカチャカチャと鳴らしていた。

「春先から少し遅れはじめた。数分だが、遅れたり、そうでなかったりだ」

「見せてみろ」

「今、手元にない」

私の返答に富永は手元の牌を面倒臭そうに放り投げた。

「明日、仕事場へ持って行くが、それでいいか」

「いや、約束はできない」

私は佐久間が言った言葉を思い出した。

――トミヤスはもう仕事をやめたそうだ。そうだよな……。

「そっちが構わなければ、これから戻って持って来てもいい」

富永は腕時計を見て時間をたしかめた。

「別にたいそうな時計じゃないが、昔世話になった人から譲り受けたもんで、妙に愛着があってな……」

私が言うと、富永はかすかに頷いて、

「なら、そうしてくれるか。見てみてすぐに修理できるものならやってみよう」

と低い声で言った。

隧道《トンネル》を抜けて、石川町に入る手前に富永が目安に告げた銭湯の煙筒《えんとつ》が見えた。

銭湯の塀沿いを左に折れて狭い路地を歩いて行くと数軒の平屋建ての家が並ん

でいた。その右端の一軒だけに家灯りが点《とも》り、木戸は開いたままで中から灯りが表へ洩れ、玄関先の伸び放題の夏草を照らしていた。

私が木戸から中を覗くと、構わんから入ってくれ、と富永の声がした。

六畳ばかりの部屋がカーテンで真半分に仕切ってある。部屋の左奥に横長の机が壁にむかって置かれ、肘掛けの付いた木製の背もたれのある座椅子が、壁に備え付けられた蛍光灯の薄明りに浮かんでいた。富永は入口に寄った場所にある卓袱《ちゃぶ》台《だい》の前で足を投げ出したまま座って酒を飲んでいた。富永は私をちらりと見て、

「飲むか？」

と訊いた。私が頷くと、富永は卓袱台に両手を突いて具合いの悪い足を引きずるように立ち上り、カーテンの奥に消えた。私は部屋に上り込んで卓袱台の前に座った。目が薄明りに慣れて来ると、土間から一瞥《いちべつ》した時は机と奇妙な形をした座椅子が置いてあるだけの殺風景に見えた部屋が、実に整然とした仕事場であるのがわかった。

机は変形したコの字形になっており、その中心に別注でこしらえさせたものであろう回転式の肘掛け付きの座椅子が置いてあった。薄明りの点った蛍光灯の両脇にアームの付いた二台のライトが備え付けられている。机の周囲には仕事道具

と思われるさまざまな形をした金属が淡い光沢を放って並んでいた。黄銅色に光る筒状の道具もあれば銀色に鋭く光っている錐《きり》状の道具もあった。研磨機の鉱石がきらめき、凹型のレンズに似た容器は青白くかがやいていた。それらのものがきちんと木枠の中に立てかけてあり、右端に置かれた大小の万力も左端に並べられたガラス瓶も、すべての道具が座椅子にむかって放射状に配置してあった。ただ単に主の仕事のやり易さのために道具が並べてあるのではなく、精巧に作られた部品のひとつひとつが息を整えて何かを待っているように感じられた。微小な道具たちが、富永があの座椅子に座った瞬間から息遣いをしはじめ富永の肉体の一部に変容するような気がした。エネルギーと美観がそこにあった。

その並べられた道具から少し離れた左の壁際に子供が工作でこしらえたような十五センチ四方の箱があった。その箱の上に大人の握り拳ほどの大きさの石が載っていた。何のために使う石なのかはわからないが、仄白く光る石には奇妙な愛らしさがあった。私には、その石が富永の玩具のように思えた。仕事の手を休めた富永がその石で遊んでいる姿が浮かんだ。

「少し古いチーズでよければあるが……」

富永の声が頭上でした。私は驚いて顔を上げた。富永がグラスとチーズの載った皿を手に立っていた。

「構わんでくれ」

私が言うと、富永は立ったまま、時計を見せてくれと手を差し出した。私は上着のポケットから腕時計を取り出して富永に渡した。富永は受け取った時計をじっと見つめて、右耳に当てた。

「そこでしばらく飲んでいてくれ。すぐに直るものならやってみるが、そうでなきゃ、直してくれる店を紹介する」

富永は仕事机に寄って行き、右足を器用にたたんで座椅子に腰を下ろした。蛍光灯の光量を大きくし、両脇のライトを点した。

先刻、雀荘で見た富永と、目の前にいる富永は別の人間であった。私が想像していたとおり、富永が座椅子に座った途端に部屋の中は異彩を放ちはじめた。丸く膨んだ富永の大きな上半身に塞がれて正面の道具類は見えないが、左手のガラス瓶や右端の万力がまったく違った光沢できらめいていた。

「この時計は新品《さら》を譲られたのか」

と富永が壁の方をむいたまま聞いた。

いや、そうじゃないと返答すると、富永はそれっきり何も言わなかった。

私は卓袱台の上のウイスキーの瓶を開けた。初めて口にするウイスキーだった。基地から横流しの代物だろう。苦い味が口の中にひろがり肌着の下が汗ばんでいるのがわかった。部屋の中はひどく蒸し暑かった。私は上着を脱いだ。

「少し時間がかかる。外でも歩いて来た方が涼しいだろう」

上着を脱いだことがわかったのか、富永が背中をむけたまま言った。

「いや、ここで飲んでた方が楽だ」

「好きにしろ。これは取り敢《あ》えずの直しになる。しばらくはもつが次におかしくなったら関内の店へ持って行け」

「佐久間が言っていたが、仕事を止めるのか？」

富永は返答をしなかった。こうして座って、富永の仕事を眺めていると妙に気持ちが落着いた。

小一時間して、富永が立ち上った。彼は私には目もくれずカーテンの奥に入った。勢い良く水が出る音が聞こえて来た。続いて肌を叩くような乾いた音が返って来た。カーテンからあらわれた富永は上半身裸になって、肩から濡れタオルをかけていた。彼は卓袱台の前にしゃがむとウイスキーの瓶を鷲摑んでグラスに酒を半分注ぎ一気に飲み干した。それから私の目をじっと見つめて言った。

「時計をひとつ買ってくれないか？」

「やはりあの時計はダメか」

「いや、あれはちゃんと使える。客が引き取りに来ない時計がひとつある。潰しはきく出物だ。十万円で分けてやる。質屋でもそれ以上の値は付けてくれるものだ」

「時計はひとつで間に合う。それなら自分でどこかに持って行けばいいだろう」

「その時間がない」

「街を出るってことか？」

富永は返事の代わりに口元をゆるめて白い歯を見せ、仕事机の抽出し《ひきだ》の底から布切れに包んだものを手にして戻って来た。中を開けると銀製のちいさな懐中時計が出てきた。富永はその時計を布の上でゆっくりと裏返してみせた。

「どうやら興味はなさそうだな」

「どうして？」

「その目がな……。それにこの懐中時計は鎖を通す穴が欠けてる。時計に少し興味がある者ならすぐに気が付くもんだ」

富永は笑って、時計を布切れで包もうとした。私は富永の手を制した。富永が私を見返した。

「何をそんなに急いでるんだ？　今夜の雀荘でのおまえの顔は幽霊か何かに取り憑《つ》かれてるようだったぜ。それとも幽霊にでもなろうっていうのか」

富永の顔色が変わった。私は脇に置いた上着を取って、内ポケットから金を出した。

「持ち合わせはこれだけだ。それでよけりゃあ、修理の手間賃と合わせてこの時計を貰って行く」

富永は卓袱台の上の札を鷲摑んで仕事机に戻った。

富永の背中が先刻よりちいさく見えた。おそらく富永は明日の朝早いうちにこの家を出て行くのだろう。富永がどこへ行くのかはわからないが、どうしても行かなければならない事情があるのだろう。あの壁の前に座して黙々と働いていれば、富永は平穏に生きて行けるに違いない。この男にはそれができないのだろう。そういう気質に生まれついたのか、それともそんな運命を背負っているのか。あのトルコの女が話したように、富永は身体のどこかに凶暴な本性を隠し持っているのかもしれない。とは言え、凶暴は誰しもが多かれ少かれ内包しているもので、理性、慈愛と言った曖昧なものよりもむしろ本性に近い場所に潜んでいる。私は富永と別れるのが惜しい気持ちがした。かと言って、富永を留《とど》めさせる術も力も私にはなかった。どこへ行っても今以上のことはないだろうし、以下のこともないはずだ。定まった場所や仲間に身を置くことができない人間が目の前にいた。同類の者を見ると、間々拒絶反応が起こるのだが、富永にはそれがなかった。

背後の開け放った木戸からかすかに光の気配が伝わって来た。富永は机の前に座ったまま、時折道具を取る時に上半身を動かすだけで、ほとんどは静止しているように映った。いつの間にかウイスキーの瓶が空になっていた。

富永が研磨機を回しはじめた。

横をむいた富永の二の腕が、電燈の位置を変えて手元を照らした明りに浮かんでいた。くっきりと腕の痣が浮かび上っていた。視界の中で富永の二の腕が少しずつ接近して、関内の焼鳥屋で見た花瓣に似た痣が揺れはじめた。研磨機の音が耳の底に響いた。嫌な音だった。耳元が熱くなり、首筋や頬が膨脹するのがわかった。かすかな眩《めま》いを感じた。頭痛がする。喉が渇いて、胃の奥から突き上げるような嘔吐が起こった。指先が小刻みに震えはじめていた。

——ここを立ち去らなくては……。

私は手にしていた懐中時計を握りしめた。

　その男が、私の生家にあらわれたのは旧正月の夜のことだった。

　その日は、大正年以来という雪が瀬戸内海沿いの海岸に降り積り、浜も、堤防も、岬までもが純白に覆れた。初めて目にした大雪に、少年の私は見とれ、この雪が私の周りの穢《けが》れているすべてのものを浄化してくれるようにと祈った。みるみるうちに白色に変わる海景の異様さに興奮していた。私が興奮する理由は他にもあった。母が十ヵ月振りに家に戻って来ていたのだ。

　二日前の夕暮れ、私は祖母と二人で駅へ母を迎えに行った。付き添いの屈強な男に手を引かれ萌黄色《もえぎいろ》の着物を着て改札口にあらわれた母は俯《うつむ》き加減に私たちの方へむかって歩いて来た。祖母が付き添いの男に礼を述べ、私は祖母から前以《まえもっ》て教えられていたとおり母に、お目出度《めでと》うございますと挨拶した。母は私の顔を一瞥しただけで何も言わずに迎えの車に乗った。

　それでも私は嬉しかった。ちらりと見た母は、昔の母に戻っている気がした。

　去年の春、男たちに抱き抱えられるようにして泣き叫びながら家を出て行った怖ろしい母の姿は失せていた。私は母の錯乱は何かの間違いだとかたくなに信じていた。

夕刻になっても雪は降りやまなかった。庭の花壇の春を待つ蕾《つぼみ》や芽が綿帽子を被り、花々が満開に咲き乱れた頃の美しい初夏を思わせた。何もかもを覆い尽くした自然の乱調が、少年の私には吉兆の証《しる》しに思えた。

——これですべてが昔のようになる。母と二人で庭を歩く日々が戻って来たのだ。

私は叫び出したい衝動を胸の奥にしまって、母の休んでいる居間の障子戸を庭の隅から潮騒《しおさい》の音を聞きながら見つめていた。

私の幸福への予兆とは逆に、その年の初めから海辺の町の人々は相次ぐ凶事に不穏な様子を見せていた。元日の朝、この地方でこれまで一度も見ることのなかった雹《ひょう》が降った。去秋から不漁が続いていた浜の網元が、祈禱《きとう》と占術をする老婆を四国から呼び寄せた。老婆は大凶の兆しありの卦《け》を出した。その卦がまたたく間に近在の浜々に伝わった。

まだ松の内の初漁の日、沖合いで舟が炎上する事件が起こり、二名の死者が出た。葬儀の夜、漁師の間で殺傷沙汰があり、若い漁師が死んだ。何百年の間、平穏に海と生きて来た海辺の土地にいちどきに災いがはじまった。

二月に入ると、山間部の村で土砂崩れが頻発しているという噂が流れた。そんな折、去年の暮れあたりから街に入って来た新興宗教の集団が人々を取り込みはじめた。敗戦からまだ十年足らずで食糧難の時代であったし、人々は胸のどこかに生きる不安を抱いていた。全国のあちこちで新興宗教が雨後の竹の子のようにひろまっていた時代だった。

男があらわれたのはそんな時期だった。祖母と十二歳の私と、精神病院から戻って来たばかりの母が住む家へ、男は突然やって来た。出雲《いずも》からぶらりと訪ねて来たという男は、母の親戚だと名乗った。母は松江の出身だった。訝《いぶ》かる祖母の前で、男は母の旧姓と名前を柔らかな口調で呼んだ。他人に対して無表情だった母が、その時だけかすかに微笑した。その微笑で祖母の疑いは解けた。男は子供の私に対しても丁寧な物言いで接し、私も男を好きになった。

新生活がはじまった。母の面倒は男が看《み》た。その上、男は死んだ祖父、父の位《い》牌《はい》と写真にむかって畳に額を擦りつけるようにして朝晩祈禱していた。その男の姿に祖母は手を合わせていた。いつしか祖母は母屋を出て離れ家で暮すようになり、男は母と寝所をともにするようになった。夜毎、母の艶声が聞こえた。その頃から男の弟子と称する男女が家に出入りするようになった。祖母も彼等とともに白装束の衣を着て祈禱しはじめた。

私が男の二の腕にある刺青を見たのは三月になったばかりの夜半だった。小便を催して母屋の廊下を庭伝いに歩いていると、男が濡れ縁に胡座《あぐら》を掻いて座っていた。母の寝所の障子戸が開け放たれていた。上半身裸の男の二の腕に大輪の赤い花があった。男は空を仰いでいた。見ると海の方角に満月が皓々とかがやいていた。廊下に立つ私の気配に気付いて、男が私を見た。鋭い光を放つ男の目を見たのは初めてだった。私は後ずさった。すると顔の表情が蠟《ろう》が溶けたように歪んで笑顔に変わった。

「どうしたんだ？　こんな時間に」

「しょ、しょ……」

小便という言葉が出なかった。私は急に恐怖にかられ、その場を走り出して離れの祖母の元へ逃げ込んだ。

祖母の具合が悪くなったのは、その夜から数日後の桃の節句を過ぎた頃からだった。高熱を発して寝込んでいる祖母の周囲で白装束の男女が深夜まで祈禱を続け、祖母を起こして神水と彼等が呼ぶ一升壜に入った水を無理矢理飲ませた。祖母が亡くなる数日前、祖母は私に、

「忠男、おまえは母《あれ》の血を引いとるから、やがて狂うやもしれん。今の内にオオヌシミコノ神さんに悪いもんを祓《はろ》うてもらえ」

と言った。私は祖母から初めて聞かされた母の病気に驚愕《きょうがく》し、うそじゃ、うそじゃと泣き叫んだ。祖母の葬儀の折、鹿児島から来た叔父《おじ》に、私は家の事情を訴えた。

父と同じ海軍の軍人だった叔父は男に激怒した。葬儀の終った夜、二人は口論になり、叔父は納戸に仕舞ってあった父の日本刀を手に居並ぶ白装束の男女に、この家から出て行けと怒鳴った。怯《おび》える弟子たちを男は一喝し、斬れるものなら斬ってみろと平然として言った。叔父は日本刀を抜いた。居間にいた男女が二人を見つめていた。男は眉ひとつ動かさずに叔父を見上げていた。その時、白装束の母が寝屋から飛び出して来て、大声を上げて叔父にむかって行った。

その夜、警察が家に入り、男と弟子たちを連行した。また母の様子がおかしくなっていた。宥《なだ》める叔父の指に母は嚙みつき、鮮血が叔父のシャツを赤く染めた。叔父は暴れる母を寝間着の紐《ひも》で縛り付けた。町医者が駆けつけて来て、母に鎮静剤を注射した。叔父はすぐに戻るから母を見ておくように、と私に告げて警察へ行った。母は蒲団《ふとん》をかけられて、大きな鼾《いびき》を搔いていた。その音を聞いているうちに私も寝入ってしまった。

息苦しさに目覚めた時、私の視界の中に母に似た女が映った。誰かが馬乗りになっているのだが、しかし相手を母と感じたのは一瞬のことで、私はすぐに意識が朦朧《もうろう》としてきた。かすかに憶えているのは、緋色《ひいろ》の色彩が毬《まり》のように分散し、それが一輪一輪の花瓣に変容して行った光景と、耳の底から突き上げるような野太い声が、やれ、やってやれ、それでフジミになれる。キョウキもはらってやれるのだ、と聞こえたことだった。

あの一瞬の出来事が、実際に私の身に襲いかかったことなのか、それとも幻想であったのかは、今だにはっきりとはしない。数日後、私は病院のベッドで目覚め、叔父の口から母が花壇のある庭の隅にあった井戸に身を投げて死んだことを告げられた。

私は再び生家に戻ることはなかった。叔父は私を山口市にある全寮制の学校に入れ、学費を送り続けた。私は忌まわしい記憶を鉛の箱で封じた。何事もなく高校を卒業し東京の大学へ入学した。その記憶の蓋が軋《きし》むような音を立てて開いたのは、富永の痣を見たからだった。

四章　百日紅《さるすべり》

夏の終りに佐久間に誘われて都内に麻雀を打ちに出かけた。富永が抜けた後、数度、新しいメンバーを入れて打ったが、打っていてどこか麻雀がぎくしゃくしてしまい、どの麻雀も早目に仕舞うことが多かった。

「ガンさん、ちょっと知り合いに誘われてるんだが、都内まで出っ張って打たないか」

私が乗り気がしない顔をしていたのを見取って、佐久間はすぐに、

「いや、麻雀の方はほんの遊びでいいんだ。ちょっと美味い鶏を喰わせる店があってな。そこの地鶏が絶品なんだ。ひさしぶりに一杯飲みたい気がしてたんだが……」

と誘ってきた。

「この間、ひさしぶりに仕事で東京へ出かけたんだが……、悪くはなかった。たまにはあっちの空気も吸ってみようかって気分になってな……」

佐久間の話を聞きながら、私は、東京に一年近く足をむけていないことに気付いた。東京の空気が恋しいというわけではなかったが、佐久間も元々は東京暮し

が長かったようで、あっちの空気をたまに吸ってみたいという彼の気持ちがわからないでもなかった。

「東京はどこだ？」

私が聞き返すと、佐久間は陽気な声で言った。

「自由が丘《オカジュウ》だ」

佐久間の口から出たオカジュウという地名の響きが、私に、曾《かつ》てその街に住んでいた時間を思い出させた。或る期間、私はその街の一角に住み、まだ自分にも何かが出来るのではと、ごく普通の若者が抱く夢のようなものを持って暮らしていた時期があった。それが幻影であることはほどなく解るのだが、ほんのいっとき私にも甘酸っぱい時間が、その街に住んでいた時間にはあった。

午后から佐久間の運転する車で東京へむかった。夕刻までの二時間、仕事がある佐久間と別れて、私は自由が丘の街をふらついた。ところどころに見覚えのある喫茶店や食堂、撞球場《どうきゅうじょう》が残っていたが、街の大半は当時と違った風景に変わっていた。私は住んでいたアパートへ行った。路地を抜けようとした時、その一帯がすでに別の人間たちの住む場所になっているとわかった。古いマーケットも、傾きかけた銭湯の建物も、製靴工場も失せて、新しいマンションが三棟並んだ殺風景な景色に変わり、桜並木のあった川沿いの路《みち》も消えていた。今の時期なら長椅子を表に出して、夕涼みをしていた老人や笑い声を上げていた女たち、遊び回っていた子供たちがいた。それらのものが巨大なシャベルか何かで削りとられたような不気味さを感じた。マンションの壁に塗られた黄味がかったオレンジ色と装飾に使われている黒い鋲が、腐ったマンゴーの中に蠢く蟻《あり》のように映った。私は足早にその場所から立ち去った。

佐久間と待ち合わせた駅前の喫茶店へ戻ると、彼は窓際のテーブルに座って、若い女と二人で話していた。私が隅のテーブルに座ろうとすると、佐久間がこちらを見つけて声を上げた。女は佐久間の仕事相手の連れ合いだった。大きな泣き黒子《ほくろ》が左目の下にあり、そこに産毛が生えていた。まだ二十歳《はたち》にもなっていないように見えた。その女の顔が、富永と一緒にいた若い女に似ている気がした。

私たちは女と三人で焼鳥屋へ行った。まだ陽があるのに、店の前には人だかりがしていて、暖簾が開くのを待っていた。

「えらい混みようだろう。〝いこい〟の銀鱈も夕飯時はこんなものだものな」

女は店の者と顔見知りらしく、焼き場の小窓から顔を覗かせて、指を三本立てて店の者に員数を知らせていた。

地鶏を丸々一羽焼いた料理は、佐久間の言葉どおり美味であった。私は富永と行った関内の外れにある店を思い出した。鶏を食べながら、富永はどうしているのだろうかと思った。あの少女とどこかへ行ってしまったのだろうか。たとえどこへ行こうが、富永と少女の未来に安息はない気がした。仕事部屋の電球の下で大きな背中を丸めるようにして時計を修理していた富永の姿が浮かんだ。あの部屋にいる時だけ富永は正常だったのだろうか。他人の時計の、時間の狂いを繕っているのに、当人の時間は少しずつ狂って行こうとしていたのか。今さら修復しようとしてもどうにもならないことに富永はとうに気付いていて、抵抗することを放棄し、沼のような場所へ少女と嵌り込もうとしているのではなかろうか。狂いかけた時間を修正しようとしている富永が哀れに思えた。世間の目から見て富永の行為が異様に映るとしても、どこまでが正常でどこからが異常なのかは人間には判断のつくことではない。水が沸点で気化するように人間もある地点から別のかたちに変容するのだろう。私もいつなんどき、己の沸点に遭遇し、制抑が利かない生に突き進むかわかったものではない。

かたわらで女が音を立てて手羽の骨を嚙み砕いている。他の客たちは驚いたように女の食べっぷりを見ていた。佐久間を見ると、彼も女を見ながら苦笑していた。手に鶏の脂をべったりと付け、唇のまわりも脂で光っている。ぺろりと一羽を平らげた女の皿に、佐久間は自分の鶏をふたつに裂いて載せてやった。女はその手羽も素早く手に取ると、すぐに音を立てて食べはじめた。

焼鳥屋から、表通りにある酒場へ移った。

当時、流行していた〝コンパ〟と呼ばれる明朗会計を旨とした若者が集まる店だった。

〝CASTLE《キャッスル》〟という名前のその店は東京でも少し名前の通った店で、洒落《しゃれ》た若者が出入りしていた。

店のカウンターの中で東行雄が働いていた。

東は女と顔見知りのようで、彼女の連れ合いのことを持ち上げながら、女を笑わせていた。東の年齢は私や佐久間よりかなり下だろうが、如才のない物言いと気の配り方から、都会育ちの洒落っ気と傲慢さが見てとれた。長い睫毛の目を時折、しばたたかせると、女たちが放って置かないような甘美な気配が漂った。東が女を見て、女が見返す視線にも何か意味あり気で、それでいて東と佐久間の交わす視線にも妙なものがあった。私は佐久間の別の面を覗き見た気がした。

「俺の友人《ダチ》で、ユキオだ」

佐久間が雀荘で東を木地に紹介した時、木地は東のことを一瞥して顎を刳《しゃく》っただけで気に止めている様子もなかった。

私は東と自由が丘で一度麻雀を打っていた。餓鬼の頃から大人を相手に町場で遊んでいたという、東の自慢話は法螺《ほら》でもなかった。ただ佐久間や木地、富永が持つ底力のようなものが東の麻雀にはなかった。三人の麻雀にはひとつ間違うと相手と刺し違えても生き残ってやるような強靱《きょうじん》さがあった。その懐刀のようなものを抜かずに、私たち四人は遊んで来たところがあった。それに比べると、東の麻雀は誰か強者の次点を狙って、その強者の背後で風を避《よ》けながら泳ぎ渡ろうとする傾向が見えた。おそらくそれは東の選択した生き方のようなものと通じており、長距離走でいうと決してトップには躍り出ずトップ集団からは離れず、上位に喰い込んで行く走法に似ていた。たぶんに私たち三人との年齢差から来るものもあったのだろうが、東の根にあるものは何度生え変わっても、強者の背後にあるエアーポケットの中でのみ力を発揮できる類《たぐ》いのものであった。しかし、東は弱者ではなかった。強者の背後に居ながら打ちつけられた相手を容赦なく打ち倒す凶暴性を、この若者は最初から充分持ち合わせていた。

東が入った麻雀はひさしぶりに三人の打ち方を盛り上げさせた。それまで何人かの人間が富永の替りに三人の中へ入って来たが、どの人間にも足らない何かがあった。

東は妙な能力を持っていた。それは木地にも伝わったようで、東が横浜に酒場を出したいと言って来た時、木地はわざわざ石川町の格安の物件を探してやった。上手く折り合っていたように見えた木地と東の関係が崩れたのは、夏の終りのことだった。

突然の木地からの電話で私は呼び出された。受話器のむこうから聞こえてくる木地の声は尋常ではなかった。危惧《きぐ》していたことがやって来たと思った。男同士の身体の繋りがどのようなものかは私にはわからなかったが、案外と男と女の間でしょっちゅう起こる厄介と比べると、男同士の方が些細なことにはこだわらないふうに見えた。ただ今年の梅雨前に木地が佐久間と富永のことで示した嫉妬は異常だった。いったんお互いを結んでいた糸のようなものが縺《もつ》れると、修復するのに、私などの想像を越えた行為がはじまる気もした。それは男と女の間の快楽を失なうことよりも、もっと違ったものを喪失してしまうのではないかと思えた。

木地は動転していた。待ち合わせた喫茶店で木地は手にしたグラスをテーブルに叩きつけ硝子《ガラス》の破片で掌を切っているのに、なおも拳を握りしめていた。

「あの野郎はいったい何者なんだ。若造のくせして、俺を弄びやがって……。兎《と》に角《かく》、見つけ出して叩き殺してやる」

喫茶店にいた他の客が驚いて木地を見ていた。

「ガンさん、あんたは、あの野郎のことを知っていたんだろう」

木地の目は血走って、目の前に東があらわれたら、本当に殺しかねない勢いだった。私は木地の剣幕に喫茶店を出て、〝いこい〟のある桟橋の脇にある工場跡地へ誘った。

「さっきあの野郎の店へ行ったら、野郎は浅草橋《あさくさばし》へ買い出しに行ってると、女が言いやがった。あの女の口から、俺は野郎の素性を皆聞いたんだ。なんて野郎だ。俺を虚仮《こけ》にしやがって、ただじゃおかないからな」

木地は草叢の中をうろつきながら怒鳴り立てた。

「それで俺に何の用なんだ？」

私が声をかけても木地は聞こえない様子で草を蹴り上げている。その度に背高《せいたか》泡立草《あわだちそう》の黄色い花粉が舞い上り、木地の周囲に光りがきらめいた。私は木地が哀れに思えた。と同時に富永の折と、今の木地の逆上はどこかが異っている気がした。東という若者があらわれ、富永を失なったことで、それでなくとも均衡を毀しかけていた三人の関係が一気に崩れる予感がした。

私は余計なことに関りたくはなかったが、このまま放って置くと悲惨なことが起こりそうな気がして、木地には夜にまた逢う約束をし、佐久間に連絡をとった。佐久間は二日前から関西へ出かけていた。私は東が出す店のある石川町へ行った。店の中はまだ工事をしており、店前に立っていると、ほどなく女が両手に紙袋を抱えて戻って来た。

女に木地のことを聞くと、

「やっぱり、あの男はおかしいと思ってたのよ。あんな汗臭い男が行雄と何を張り合おうって思ってんのかしら。穢らわしいったらありゃしない」

といまいましそうに毒づいた。私は女にすぐにここを引き揚げるように言った。女は私に悪態をついた。私は女の手から紙袋を取り上げ、それを工事現場にぶちまけた。硝子の割れる音がして、白い液体が飛び散った。工事をしていた男が驚いて、こちらを見た。彼等にも今日は工事を止めて引き揚げるように言った。女が金切り声を上げて、足元にあった木片を私にむかって投げつけた。私は女の手を取り、頬を張った。怒鳴り上げている女が静かになるまで叩き続けた。そうして東が戻って来たら、当分顔を出すなと伝えて引き揚げた。

　その夜、木地は本牧の喫茶店に来なかった。嫌な予感がして、石川町の東の店へ行くと、戸板で扉が塞がれたままだった。翌日も木地からの連絡はなかった。佐久間に連絡をしたが、まだ横浜に帰っていなかった。すでに木地と東の間で何事かが起こっているような嫌な予感がした。

　三日が過ぎた。

　佐久間が私を訪ねて来た。佐久間の顔色が普段と違っていた。

「何度か連絡をしたのは……」

　私が言いかけると、佐久間は、

「キサンが死んだ」

　とぽつりと言った。

　私は佐久間の顔を見返した。佐久間はちいさく頷いて、静かに言った。

「二日前の夜だ。新埠頭の海へ車ごと飛び込んでいたそうだ」

「ひとりでか？」

　私が聞くと、佐久間は二度頷き返し、

「どうして、そんなことを聞くんだ？」

と私の顔を見た。

「いや別に何かあるわけでもないが、あいつが自殺するようなことはないだろう」

私は東とのことは黙っていた。

「警察の話じゃ、二日前の夜中、夜釣りをしていた連中が埠頭の先の方で大きな水音がしたのを聞いたらしい。今は夜中でも荷積みがあって船の出入りも多くて騒々しいから、積荷か資材が海に落ちたのだろうと届けなかったそうだ。それが今朝方、浚渫船《しゅんせつせん》の錨《いかり》に車が引っかかったそうだ」

佐久間は動揺しているふうでもなかった。

「これから通夜《つや》へ行くんだが、どうする？」

私は首を横に振った。立ち去ろうとする佐久間を待たせて、私は香典代を渡した。佐久間は金を受け取り、

「どうも腑《ふ》に落ちない。かなり酒を飲んだらしいが……、キサンの運転の腕は並じゃなかったからな……、それに、この秋から俺と二人でやる仕事もあったんだ……」

と眉間に皺を寄せ首をかしげた。

私は佐久間のうしろ姿を見送っていた。今しがた佐久間の言った、

——キサンの運転の腕は並じゃなかった……。

という言葉が耳の奥に残り、走り去った佐久間の車の灯がカーブで失せると、東の顔が浮かんで来た。対向車のヘッドライトで揺れていた東の顔から首が伸び、胴体と足が繋った。東の身体が左へカーブする県道を宙に浮いたまま港の方角へ飛んで行った。


木地の初七日の法要が終った夜、私と佐久間はBホテルのバーで落ち合った。

「キサンの女房は顔じゃ泣いていやがったが、内心浮き立ってるのが、目についてしようがなかったぜ」

佐久間は言って、木地に掛けてあった保険金の額を口にした。

「木地も上手いこと幽霊を探して、ここんとこはいい塩梅だったんだが、本人が幽霊になっちまっちゃ、ざまはないな」

佐久間は珍しくウイスキーのストレートを飲んでいた。

私はいつか本牧の自動車修理工場で見た佐久間と木地のことを思い出していた。あの時の二人の足元にひろがった水溜りに、二羽の鶴が映っていた。

「妙な話を聞いたんだが……」

佐久間は言って、無精髭《ぶしょうひげ》を撫でた。

「キサンは海に飛び込む日の午后、日ノ出町のスクラップ屋に拳銃《チャカ》を注文してやがった。ガンさん、あんたに何か相談はなかったか？」

佐久間はバーの棚に目をやったまま言った。

「前の日の昼間、逢ったが、そんな素振りはしてなかったな」

佐久間が私を見た。

「前の日にキサンに逢ったのか？」

私は佐久間の目を見て、頷いた。

「夜に逢おうと別れたが、あいつから連絡はなかったな」

「そうか、ガンさんに逢いに行ってたのか……。女房の話じゃ、前の日から出かけたまま家に戻って来なかったそうだ。もっともそんなことがしょっちゅうあるのは俺も知ってるしな……。キサンは拳銃を仕込みに行った日の朝、I組の事務所でちょっとした揉め事を起こしてるんだ。かなり暴れたって話だ。キサンが暴れた理由は俺も承知してる件なんだが、あいつにしちゃ、先が読めていないやり方だった。それがどうも納得できない。女房の方は警察から、その揉め事の話を聞いて、本当は気が弱い人だったから、それでヤケ酒を飲んで事故に遭ったなんて吐《ぬ》かしてやがった。自殺、他殺じゃ保険金が下りるまで時間がかかるからな。キサンもよくあんな女と居たもんだ……」

私は一度酔っ払った木地の口から、I組の配下の土建屋で発生する事故の保険の取扱いを、佐久間と二人でやっていることを聞いていた。

当時、横浜港は、湾岸、埠頭の拡張工事が続き、湾内で強引に堰建て工事や底泥の浚渫が夜間に行なわれ、その工事の際に度々死傷者が出ていた。死んだり怪我をしたりする者はたいがいが日雇労務者だったが、それを上手く処理して高額な保険金を受け取っているという話を耳にしていた。佐久間は保険のプロだから、そのあたりの事情には詳しかった。佐久間の描いた絵図で組の連中や現場監督が動くことは充分あったろう。それでも犯罪との境界のようなところで仕事を進めるのだろうから、佐久間は用心のために木地を誘い込んだらしい。

木地の逆上の原因を、佐久間はそちらの厄介事と見ていた。佐久間に言われてみると、木地のあの苛立ちようは、東のことより別に理由があった気がして来た。

「あの組の連中がキサンに何かをするとは考えられないが、ひょっとして、その朝の揉め事の加減じゃ、若い衆が個人的にキサンに仕返すことはあり得るしな……。いや、それはないな。あいつらがこんな凝った手口でキサンを殺《や》ることはできねえ」

そう言ったきり、佐久間は黙り込んだ。バーテンダーが佐久間に木地の悔みを言った。

「そう言やあ、ここにあいつはよく顔を出していたな。悔みを言ってもしようがないだろう。死んじまっちゃ、そこで終りだものな、ガンさんよ」

佐久間は吐息をついてから、

「行雄の野郎は工事を放《ほ》っぽらかして、どこへ行きやがったんだ。あの店だって、キサンが強引に大家に掛け合った物件だったろうに……。所詮、ボンボンあがりは恩義がわからないってことか」

と言って、グラスを飲み干した。

佐久間の酒量に限度が来て、私たちはBホテルを出た。工事を続ける港の灯りが本牧の先の方で揺らめいていた。佐久間は立ち止まって灯りの瞬く方角を眺め、静かな口調で言った。

「これで麻雀の面子《メンツ》が崩れっちまったな……」

私は佐久間と逆方向に歩き出した。

「ガンさん、トミヤスから何か連絡はなかったかよ」

佐久間の間延びした声が背中に聞こえた。

その富永の死の報せが小田原《おだわら》警察からあったのは、九月の雨の朝のことだった。富永は小田原の山手にある段々畑の沼に上半身を突っ込むようにして死んでいた。富永の死が、私の居た須藤の会社に届いたのは、彼の住んでいたボロ屋の抽出しの中に、私の住所と名前を書いた小紙が入っていたからだった。私は佐久間に連絡を入れ、二人して小田原まで仏を引き取りに行った。

富永の死体は別人のように痩せ衰えていた。佐久間は富永を見て、不快そうな顔をした。富永の頬や首元にいくつかの穴があいていた。

「これは何の傷だ？」

私が警察官に聞くと、

「それは蛭《ひる》が吸った跡ですよ。あのあたりの田圃や沼地は蛭が多いんですわ」

と言って、顔に布切れを被せた。

警察官の話では、富永は七月の下旬に若い女と二人で訪ねて来て、廃屋同然だった家を借りたということだった。しばらくして女はいなくなり、富永は家に籠ったきりで出歩くことも少なかったという。

私たちは富永を火葬してもらい、ちいさな骨壺の入った箱を抱えて、横浜に戻った。身寄りがなかったと思っていた富永の生家がひょんなことからわかり、私と佐久間は富永の生家がある島根県まで、その秋旅に出ることになった。

列車の棚の上で紅白の布で包んだ箱が揺れていた。

紅白の布はどこかの祝宴で、引出物か何かを包むのに使った布だろう。棚から覗いた箱の側面に、布を紅《あか》く染めた波模様が斜めにひろがり、紅と白の境のあたりから亀が顔を出し、白地の部分に淡い桃色の雲の模様が浮かんで、そこに鶴の片羽と足先が見える。

まさかこの布で富永の骨壺の入った箱を包むことを、佐久間が小田原の火葬場から目算していたわけではなかろうが、上手くおさまりがついて見える。富永の骨は列車の振動に合わせて揺れている。

今朝方、私は横浜駅のプラットホームで佐久間と待ち合わせた。プラットホームへ続く階段を昇りながら、私は鬱陶しくなっていた。

二日前の夜、Bホテルのバーで佐久間と落ち合った。私は富永の骨をわざわざ島根の、まだあるかどうかもわからない生家まで運ぶ旅に出ることが億劫《おっくう》になった。バーのカウンターの上に小紙をひろげ、島根までの電車の乗り継ぎの話をしている佐久間の横顔は、温泉旅行か何かへ出かける算段を話しているかのように浮かれて見えた。私は黙って話を聞いていた。話が一区切りついたら、同行しないことを話すつもりだった。佐久間はそれに気付いていたのか、待ち合わせの時間を口にした後、

「そりゃ、親戚でもねぇ俺たちが、博打だけのつき合いだった男の骨をわざわざ届けるなんぞ、俺だって馬鹿げてると思ってるさ。俺はトミヤスの供養をしようなんて、これっぽっちも思ってやしねぇ。ただよ、俺はあんたとトミヤスと初めて遊びはじめた時、俺たちは妙な縁で繋って、あそこへ集まった気がしたんだ。キサンもそうだが、俺はこいつらがくたばるまで見届けてやろうってな。俺はオヤジだってオフクロだって、葬式なんぞには出てやしねぇし、拝んだこともねぇ。ただ俺の目の黒いうちは、あんたのくたばるのは見てやるつもりだ」

佐久間は、別段興奮するでもなく話を続けた。

「あんたが嫌なら来なきゃいいんだ。俺、ひとりで行って来るから、戻って来た

ら土産話《みやげばなし》をしてやるさ」

そう言ってグラスの酒を一気に飲み干して立ち上った。私は何の返答もせず、バーを出て行く佐久間の足音を聞いていた。

翌日の午后、遅い食事に定食屋の〝いこい〟へ出かけると、店の奥から片岡が坊主頭を撫でながらあらわれて、

「岩倉さん、あんたが来るだろうと思って、銀鱈をひとつ仕舞っておいたよ」

と笑いながら言った。

今秋、初めて食べる銀鱈であったが、口にしても、美味いとも何とも思わなかった。私は銀鱈を半分残して、〝いこい〟を出た。旧桟橋へ出ると、午后の湾内清掃へ出る船が山下埠頭の方にむかっていた。船の波紋が数メートル先の海に突き出た古い杭を洗っていた。黒い油の附着した杭が、胴体を失なった人の腕のようだった。海の底で何かを摑んだまま、それを離すことができずに、そこに放置されてるふうに見えた。片腕を失なった胴体が湾のどこかに浮かんでいる気がした。私はそろそろ横浜を出て行こうと思った。かと言ってどこか行く当てがあるわけではなかったが、このままでは自分がこの街の奈落に沈んでしまう予感がした。私は事務所へ戻り、丁度車で戻って来た葛西に、二、三日休みを欲しいと告

げた。車の中には須藤がいて、奥から覗き込むようにして声を掛けて来た。

「どこかへ行くのか、岩倉」

「いや……」

と首を横に振ってから、法事へ、という言葉がぽつりと口から出た。自分でも意外だった。

「ほうっ、おまえに家族がいたのか」

と階段へむかって歩きはじめた私の背中に須藤が声を掛け、高笑いが続いた。

プラットホームの戸塚《とつか》寄りの立喰い蕎麦屋《そばや》の前に、佐久間は紅白の派手な包みを手にして立っていた。

私の姿を見た途端、佐久間は銜えていた煙草を線路に吐き捨て、白い歯を見せて歩み寄って来た。

「俺も、物好きだと思うさ」

佐久間は言って、背後から見えて来た電車を振りむいた。

熱海《あたみ》を過ぎるあたりから、佐久間は眠りはじめた。私は車窓に映る風景をぼんやりと見ていた。秋晴れの空の下で東海の街並が流れて行った。やがて同じ車輛《しゃりょう》に乗る客の半分近くが、名古屋で降りるのか、立ち上って棚の荷物を下ろしはじめた。

私はちらりと棚の包みを見た。降車の客が隣りに置いていた鞄に押されて包みが少し前へ突き出していた。布に染められた亀の甲羅がはっきりと見えた。棚の上は富永の骨の包みだけになっていた。

小田原の火葬場で見た光景がよみがえった。鉄板の上で煙りを上げていた富永の骨が浮かんだ。

「えらい骨の量だな。野郎、何を喰ってやがったんだ」

佐久間が言った。

「はい、ご立派な骨で……」

火葬場の作業員が低い声で言うと、

「馬鹿野郎、骨に立派も何もあるか。御託を並べてないで早く壺に入れろ」

佐久間は笑いながら言った。作業員が骨を拾う箸を出すと、佐久間は余計なことはいいと言ってから作業員の持って来た骨壺に目をやり、

「こんなでかい壺じゃ面倒だ。子供《がき》の骨の壺があるだろうが、それに入れろ」

と作業員の持った壺を叩いた。

「これが当市《ここ》の決りになってまして……」

作業員が不機嫌そうに言うと、佐久間はいきなり相手の上着の肩口を鷲掴んで、

「おい、こっちは人間《ひと》の始末に関しちゃ、素人じゃねぇんだ。こんなことは何べんも立会ってんだ。とっとと言われたようにしろ」

と怒鳴り声を上げた。作業員は驚いて奥へ消え、先刻よりひと回りちいさな骨壺と木箱を手にあらわれた。

佐久間は作業員の手から骨壺を取ると、それを富永の骨が散らばった鉄板の上に横にして、素手で骨を掻き込むように入れ、蓋をして木箱におさめた。

私は鉄板に残った骨を見た。あとは始末をしろと言い残して、佐久間は私を見て、歩き出した。私が佐久間のあとを追おうとした時、背後で音がした。振りむくと、作業員が鉄板の上の骨を屑入れの角缶に掃き入れていた。

佐久間の運転するライトバンの後部席に箱を置き、私たちは火葬場を出た。

「ガンさん、トミヤスがくたばった田圃を覗いて行かないか？」

「…………」

私は返答をしなかった。そんな場所へ行っても仕方ないと思った。

「なーに、ちょっと用があるのよ。気になることがあってな……」

佐久間は言って山側にむかう径にハンドルを切った。途中、新興住宅街を抜けると目の前に丘陵が連なり、径は段々畑の中をくねくねと続く上り坂となった。

「あの家だな」

佐久間は前方に見えた二階建の家を見た。庭先に干した洗濯物が風に揺れていた。その洗濯物を赤児を背負った女が取り込んでいた。佐久間は家に近づきながらクラクションを鳴らした。女が車を見た。佐久間は車を停車させ、女にむかって大声を上げて近づいて行った。怪訝そうな顔をした女が佐久間と言葉を交わしているうちに急に頭を下げた。女が家の後方左手を指さすと、佐久間は首を伸ばすようにして、その方角を見て、一、二度頷いてから腕時計を女にむけ、時間を確認するような仕草をして車に戻って来た。

「婆《ばあ》さんは三十分したら帰って来るそうだ」

そう言って佐久間は車のエンジンを掛け、

「あの家がトミヤスに空家を貸した大家よ。挨拶くらいはしておいてやろうと思ってな。ついでだからトミヤスがくたばった田圃を見てみようぜ」

家を迂回するようにして車はいったん坂道を下り、そこから舗装されていない農道を登った。道を登りつめると廃家が二軒あった。

「野郎、こんなところに隠れてやがったのか……」

佐久間は車をゆっくりと走らせながら廃家を覗き見た。

「あの祠だな」

佐久間は屋根半分が剝がれた田の中の祠を見つけ、車を停車させた。佐久間は私の顔を窺《うかが》いながら、降りてみようぜ、と笑った。

そこは田圃ではなく雑把な青物を植えた畑であった。元は稲田であったのだろうが、畔に囲まれた農地の半分近くが荒れたまま放ってあった。右手を見ると廃家の一軒は茅葺《かやぶ》きで支柱が朽ちたのか山側に反り返えるように倒れ込んでいた。

「馬鹿な野郎だ。こんなところでくたばりやがって」

佐久間が吐き捨てるように言った言葉を、私は彼方《かなた》にひろがる海を眺めながら聞いていた。夏の陽差しにきらめく海と左方の蜜柑畑が続く丘陵は佐久間が言うほど辺鄙《へんぴ》な土地に思えなかった。背後の家に住んでいたのなら、先刻の家へ真っ直ぐ下る畔径を、富永は歩いていたことになる。あの身体を揺らしながら少女の待つ家へ買い出しの荷物を抱えて登って来る富永の姿が浮かんだ。

――そうすることしかできなかったのだろう……。

私は海から吹き上げる風に頰を撫でられながら、胸の奥で呟いた。

その時、背後で音がした。振りむくと、祠の戸板が風にあおられていた。

「おうっ、田中の地蔵か。トミヤスの供養に拝んでおいてやるか」

佐久間は言って、音を立てていた戸板を剝ぎ取って放り投げ、地蔵の前にしゃがみ込んで手を合わせた。

心地良い陽差しだった。下方の家に車が一台近づいて来るのが見えた。婆さんが戻って来たな。俺はちょっと挨拶してくるぜ、と佐久間が立ち上った。私も立ち上った。祠の脇を通り抜けようとした時、地蔵の前に小石が置いてあるのが目に止まった。その中にひとつだけ、どこかで見たような色かたちの石があった。私はぼんやりと白い石を見つめた。

——どこで見たのか……。

すると富永の仕事場がよみがえり、壁際の小箱の上に置いてあった石のかたちが浮かんできた。まさか、あの石ではあるまい。

「おうい、ガンさん。行こうぜ」

佐久間の声に私は歩き出した。

先刻の家の庭先で老女と話し合っていた佐久間が一度怒鳴り声を上げるのを、私は車の中で見ていた。祠の石が浮かんでは消えていた。あの石が仕事場の石だとしても、それがどうしたというのだ、と私は感傷的になっている自分に言い聞かせた。富永は消滅し、あの畑は以前のまま、あそこにあるだけのことだ。

佐久間が笑いながら戻って来た。車に乗り込むと、

「思った通りだ。あの婆さん、トミヤスの前家賃をくすねてやがった。善人面した奴に限って腹の中は汚れてるもんだ」

と言ってポケットから封筒を出した。

私たちは山径を下り、小田原を出た。海岸沿いの道を車を走らせながら佐久間は後部席の骨の箱を見て言った。

「俺の仕事じゃ時々、この骨が大事になることがあるんだ。日本人は骨に弱いからな」

佐久間は保険金の支払いの話をしながら嬉しそうに笑っていた。

名古屋で電車が停車すると、佐久間が目を覚ました。

佐久間はトイレに立ち、戻って来ると、前の座席のむきを変えて、私の正面に座った。それから差し込む陽差しにまぶしそうな顔をして、

「夏みたいな陽気だな……。まあ、雨で陰気臭いよりはましか」

と言った。

「ガンさんは島根へは行ったことがあるのかい？　俺は一度、松江へ行ったことがあるが、益田《ますだ》は初めてだ」

佐久間は煙草を出して銜えた。

「浜田《はまだ》へは行った覚えがある」

私が答えると、

「そうかい。京都に着いたら、山陰本線に乗り換えるまで、少し時間があるから飯にしようや。益田に着く頃には、陽も暮れちまってるから、一杯やってまたひと眠りした方がいいだろうな。馬車道の時計屋が言ってたように、上手いこと、トミヤスの縁者がいればいいがな……。まあ、いなけりゃ、骨は日本海にぶち撒いて引き揚げりゃあいい。あんたは汽車の旅は大丈夫なのか？」

私が頷くと、佐久間は、

「俺はいっとき、薬の卸しの仕事をやってたんだ。そん時、車と汽車はずいぶんと乗った。慣れれば十時間でも、二十時間でも平気になるもんだ」

と独り言のように言ってから、

「おっ、もうすぐ関ヶ原《せきがはら》だな」

と窓の外の風景を見て、首を伸ばした。

佐久間が口にした時計屋とは、元々、この旅に出かけるきっかけになった馬車道通りにある老舗《しにせ》の時計店の主人のことだった。

富永の骨を横浜に持ち帰った佐久間は、石川町にあった富永の借家へ様子を見に行った。富永の家はまだそのままにしてあり、玄関の扉に〝連絡乞う〟と貼紙があった。そこに馬車道通りの時計店の名前が記してあった。佐久間は、その時計店へ行き、事情を話した。佐久間の話では主人は善人を絵に描いたような人間で、富永をひどく信頼していたらしく、死を知って泣き出したという。この主人が富永の生家のある本籍地の住所を佐久間に教えた。

主人は富永とは十年来のつき合いで、職人としての腕は頗《すこぶ》る良かった富永が、ひとつ処に定住できず、〝渡りの職人〟であったのを心配して仕事を与え、横浜に居つかせたということだった。その富永の腕を気に入った山手に住む古美術時計の収集家の客が、時計店の主人と富永を一度、香港《ホンコン》へ連れて行った。富永のパスポートを取得するために戸籍謄本が必要となり、面倒臭がる富永を説得し、島根の実家から謄本を取り寄せた。主人はその折、富永の姉と電話で話したということだった。

佐久間が富永の骨を墓へ入れてやりたいと主人に話すと、彼は大変感激して富永の姉の家へ電話を入れたが、すでにその電話は使用されていなかった。それで主人は仕舞っておいた戸籍謄本の写しを出して来て、電報を打った。しかしその住所には富永の姉はいなかった。主人はそれでも益田へ行けば富永の縁者は必ず見つかるはずだと言った。数年前、主人の取引き先の会社に益田出身の男がいて、その男の口からK町の富永というのは旧家で、縁者が多いはずだと聞いたと話した。そうして富永が仕事をしたまま受け取りに来ていない金を佐久間に預け、来年の四月迄《まで》先払いをしていた家賃と敷金の残りまでを大家から回収して渡した。

——これで旅費どころか、旅の酒肴代まで出たってわけだ……。

佐久間は愉快そうに笑っていた。

とは言え、謄本の写しの住所だけが頼りで、骨を抱えて旅をしているのは、よほどの酔狂のやることには違いなかった。

「おうっ、見えてきやがった」

佐久間が中腰になって、窓の外を見た。私も佐久間が何を見ているのかと車窓に目をやった。

「あの山よ。三上山《みかみやま》と言うんだが、近江富士《おうみふじ》とも呼ばれてる山でよ。山のかたちが富士山に似ているだろうよ」

佐久間の指さした方角に、三角錐《さんかくすい》の形をした山が平野の中にぽつんと見えた。

佐久間は窓に顔を付けるようにして、山の姿が後方に消えるまで眺めていた。妙なものに執着するものだと様子を見ていたら、佐久間は顔を正面に戻して、何かを思い出したように苦笑し、首を横に振って私を見た。

「いや、昔のことを思い出してな……」

佐久間は、その山の麓で、昔、幻覚を見た話をはじめた。

その頃、佐久間は薬品の卸し問屋を友人と二人でやっていて、全国各地に製品を運んでいた。少人数の会社で、段ボールひとつの薬品を運ぶのに運送会社を頼める利益も上っていなかったので、佐久間が夜通し車を運転したり、汽車に乗って発注先へ届けていた。二日間、睡眠を取らずに、東京─青森─東京─和歌山─東京の運転を続けたこともあったという。

或る時、兵庫まで製品を配送し、睡眠不足だったので一泊して東京へ戻るつもりが、どうしても帰京しなくてはならない仕事ができた。途中、どこかで仮眠を取ろうと思って出発したが、若かったせいもあって、いったん運転しはじめると、車を停《と》めることができず、一挙に京都を通過し滋賀の大津《おおつ》あたりに来た頃、ひどい睡魔が襲ってきた。目を擦り、頰を叩きながら車を走らせていると、前方に、その三上山が見えて来た。三角形の稜線《りょうせん》を見ながら走っていると、突然、山のかたちが変わり、三角の山の上に同じ大きさの三角の山が乗った。驚いて見上げていると、三上山の上に乗った山が、弥次郎兵衛《やじろべえ》のように左右に揺れ出した。揺れる山を見直すと、山の正体は大きな鷲であった。三上山と同じ大きさの鷲が山の頂きで羽をひろげていた。

「いや、驚いたのなんのって、こんなにある鷲が羽をひろげて、俺の方を睨んでやがるんだ。半分は幻だと思ってるんだが、目に映ってる鳥が羽を動かすわ、鋭い目で睨んでるわで、相手を掻き消そうにも、どうしようもない。そうしたらいきなり、そいつが山の上から飛び立ったのよ。襲われちゃ、お陀仏《だぶつ》だってんで、アクセル踏んで逃げたのよ。ところが車のスピード表示の針が振り切れてんのに、その鷲は俺の車のすぐ横を、ただ走ってやがるだけなんだ。首をこっちに捩《ねじ》って、目を光らせて、運転席の俺を覗き込んでやがる。俺はもう、こりゃいけないと思い両目を閉じてブレーキを踏んだんだ……」

何年も前のことなのだろうが、佐久間の話は妙にリアルで、初めて聞く私にも、巨大な鷲に追われている佐久間の恐怖が伝わって来た。

「で、どうなったと思うよ」

佐久間が可笑しそうに笑いながら言った。

私が首を横に振ると、佐久間は目を見開いて、

「目を覚ました時、俺の車は、野洲《やす》って町の川の堤防の先から前輪食《は》み出して中ぶらりんになっていたのさ。下の水面までは十メートルはある崖みたいな突端でだぜ。見ると河原に近在の百姓たちが集まって、車を見上げてやがった。その突端までの道幅が車一台やっと通れるコンクリートの狭い道だ。昼間だって、そこまで運転しろったってできやしない。どう思うよ。面白い話だろう」

と言って白い歯を見せ、大きく頷いた。私も頷き返すと、

「それで俺は薬問屋の仕事から下りたんだ」

ともう一度、頷いた。

京都の駅横の中華料理店で飲んだ老酒がきいたのか、城崎《きのさき》までの数時間、私は眠り込んでいた。瞼を突き抜くような陽差しで目を覚ました。

つい今しがたまで大きな花瓣の花が咲き乱れる場所にいた……。その花園にふ

いの侵入者があり、花という花を片っ端から踏み躙《にじ》り、危うくこっちまでが踏み潰されそうになった。声を上げると同時に瞼に光が走った。

見ると窓の外は十月の陽差しに銀鼠色に海原がかがやいていた。沖合いまで波が強いのか、水平線は鋸《のこぎり》の歯のように連なっている。

「海へ出たのか……」

私は呟いて、隣りの席を見た。佐久間は腕を組んだまま首を折り曲げるように眠っていた。急行の一等車であったから、車輛の前方には他の客は見えなかった。すぐに電車が傾き、車輪の音が低くなり隧道《ずいどう》に入って、闇になった。短い闇を二度抜けると、また視界に海がひろがった。先刻より電車が高所を走っているのか、海原を眺望できた。白波が立っている。〝兎走る〟という表現そのままの海景だった。空は晴れているが、水平線と空がまぎれるあたりは砂埃でも舞っているように霞《かす》んでいる。まぶしいほどだ。光が拡散するように右手の窓々から車輛全体に差し込み、異様に明るい。光を閉じ込めたフラスコの中にいるようだ。

――いや、もう少しで踏み潰されるところだったな……。

耳の底で声が聞こえた。

頭の半分はまだ夢から醒め切れないのだろう。それにしても踏み潰されるとは何のことか。侵入者は人間ではなかったのだろうか。恐怖が底流にある夢はよく見るが、私の場合、恐れの対象はたいがい闇とか、水とか、寄りどころのない領域のようなもので、それは子供の時分から、皮膚のように私に貼り付いてしまっている。だから、踏み潰されるような感覚の夢はなかった。背中の窪《くぼ》みに汗が流れた。車輛の中も暑かったが、夢で興奮していたのかもしれない。

——あの侵入者の正体は何だったのか？

ぼんやりと鳥が羽をひろげた姿が浮かんだ。ひょっとして、京都の手前で佐久間から聞いた山ほどの巨大な鷲が、夢の中に入り込んだのかもしれない。そう言えば、佐久間は鷲が車の脇を、飛ぶのではなく並走していたと言っていた。あの時、私は国道沿いの平野を、田圃を踏み民家を潰しながら走る大きな鷲の姿を想像していた。鶏や家鴨《あひる》のようにほとんど飛ぶことのない鳥が走るのは平気だが、鷲が走ると聞いて、その姿を想像し、恐怖を感じていた。ヤクザな物言いをし、何事にも平気に映る佐久間に、恐怖の対象が何かあるのだろうかと考えた。佐久間は先刻より顔を上げて眠っている。寝顔だけを見ていると、寄居の資産家の長男に生まれ、いっときは寵愛《ちょうあい》を受けていた面影がないでもない。土蔵の中で、メンコをひろげていた少年時代の佐久間のうしろ姿が浮かんだ。

「……俺たちは妙な縁で繋って、あそこへ集まった気がしたんだ。……こいつらがくたばるまで見届けてやろうってな……」

Bホテルで佐久間が言った言葉が耳の隅から聞こえて来た。

——俺たちは妙な縁で繋って……か。

佐久間にも、やはり逃れ切れない恐怖があるのだろう。

私は頭上の棚を見た。網棚に、紅白の包みが載っていた。電車の揺れに合わせて、生き物のように小刻みに震動している。赤と白の色彩のせいか、どこか愛嬌さえ感じられる。中身は佐久間が火葬場で言ったように、たしかにただの骨でしかないのだが、森を通り過ぎる霧の末尾の姿のように、失せた富永の、煙りに似た何かが木箱の中にまだ残っているように思えた。

「日本人は骨に弱いからな……」

佐久間の声がまた聞こえた。その言葉を聞いた途端、私は自分の死を、案外と淡白に受け止められるような気がした。

電車が玉造《たまつくり》を過ぎたあたりから陽は傾き、浜田から益田の町へ入った時分には陽は暮れて、沖合いに漁火《いさりび》がきらめいていた。

佐久間はプラットホームに降り立つと、立ち止まって海の方を振りむき、ぐるりと駅舎までを見回し、ちんけな町だな、と言った。

予約をしておいた旅館は、狭い間口で、いかにもひと昔前は行商人が泊まるような風情であった。中年の仲居があらわれ、私たちをちらりと見て、佐久間の包みを手に取り、二階へ案内した。急な階段を先に足早に登る女の足音に、包みの骨が鳴るのか、カシャカシャと乾いた音が重なった。

「風呂はこまいですから、ひとりずつ入って下さりませ。すぐに食事の支度をしますで」

仲居はおっとりした地訛りの声を出し、浴衣を出した。

「おい、このあたりに、いや、K町に富永って家はあるかい？」

佐久間が浴衣の袖を通しながら聞いた。

「K町の、富永さん……。はあっ、何軒かありますが……。お客さんたちは富永さんを訪ねてみえちゃったかね。私は横浜からみえるいうから、てっきり××紡績に出張でみえなさると思うとりました」

「その富永だが、家は何か商売をしてるのか？」

「はあ、あの家はここでも古い家じゃから、いろいろやってはみえとります。元々は大きな問屋さんじゃったはずで、藩の御用をしとった家柄ですわ」

「ハン？　何だ、それは……」

「津和野藩《つわのはん》ですがね」

「ツワノ？」

「ここから山の方へ入ったところにありますがの。有名ですいね。今は……」

「そんなことはどうでもいい。とにかく富永という家は何軒かあるんだな」

佐久間が女の話を遮るように言った。私は先に階下へ行き、風呂へ入った。部屋に戻ると佐久間が入れ替りに風呂へ行った。そこへ先刻の仲居が膳を運んで来た。

「お客さんらは富永さんの家に行かれるんですか。何の用事ですか？」

仲居は膳の上にグラスを置きながら聞いた。私は煙草を吸いながら、黙って窓の外に淡く浮かぶ小高い山の稜線を見ていた。

「ご親戚か何かなんですか？」

仲居の声が続いた。

「どうしてこっちの用向きを聞くんだ？」

私が仲居を見て尋ねると、

「いいえ、お連れさんにえらいご祝儀を貰いましたけえ、ちょっと話しとった方が良かろうかと思いまして……。訪ねて行かれるのは本家さんですか、分家さんですか？」

と興味ありげに、私の顔を覗いた。

「本家か分家かはわからないが、何か不都合でもあるのか」

私が言うと、仲居は急に声を潜めるようにして、

「いいえ、それがですの。あそこの本家いうのが……」

言いかけた時、階段を登る足音がして佐久間が戻って来た。

仲居の話では、K町の富永家は江戸時代から続いている津和野藩の御紙蔵《おかみぐら》を預かる御用商人の家で、津和野の上納紙は、四万三千石の藩の経済を実質十五万石に及ぶ力をつけさせたほどの特産物で、高津川《たかつがわ》沿いに立ち並んでいた御蠟座《ごろうざ》と呼ばれる藩の出先の商家の中でも、富永家は群を抜いた大店《おおだな》であった。商家の力は明治の時代も続いていたが、大正になってから富永の家に災禍が起きるようになった。

「で、どんな災難なんだ？」

佐久間は日本酒を手酌でやりながら、土地の昔話を聞くふうに口元をゆるめて

聞いた。

「紙漉《かみす》き職人の恨みでございます」

仲居は目を丸くして佐久間を見て、また声を潜め、

「なんでも、あの家の先々代の主が紙漉きの職人を騙して、お縄にした上、女房と娘を嬲《なぶ》りものにしてしもうたんです。脱獄して来た職人が、それを知り、怒り狂うて、あの家に火をつけて、三代先まで家を呪うてやると言うて死んだそうですわ」

と眉に皺を寄せて言った。

フフッ、と佐久間が鼻で笑った。佐久間の表情を見て、仲居は大袈裟《おおげさ》に手を横に振って、

「お客さん、戯言に聞こえましょうが、これは本当の話ですいね。それからあの家は三度燃えとりますし、先代に嫁入りした女房いうのが、ここがおかしゅうなりまして……」

と顳顬のあたりをひとさし指でさした。

「狂ったっていうのか」

佐久間の声に仲居は大きく頷いてから、

「それだけじゃのうて、跡取りの子が皆、身体が悪い子が生まれるんですわ」

とひとり合点するように目をゆっくりとしばたたかせた。

佐久間が私の顔を見た。

「それで今、その家はどうしてるんだ？」

私は仲居に言った。

「ですから、七年前に不審火で焼け落ちました。なんでもあそこの長女が油を頭から被って火をつけたいう噂です」

佐久間は話を終りまで聞いていないふうに、沢庵《たくあん》を音を立てて嚙みながら、空になった銚子を振り、

「もう二本つけて来い」

と言ってから、立ち上った仲居に、

「ここには遊び場はあるのか？」

と聞いた。

「遊び場と言いますと？」

「田舎者《いなかもの》だな、おまえは」

と佐久間が笑うと、仲居も笑い返して、すぐ裏手に、新天街《しんてんがい》という盛り場があ

り、西の方へ歩いて行くと元遊廓《ゆうかく》の一帯があると言って部屋を出た。

「ともかく、そんだけの家なら墓はすぐに見つかるな。どうだい少しひやかしに外へ出てみないか？」

佐久間が笑みを浮かべて、私を見た。

翌朝、宿を出て、駅前でタクシーを拾い、中須《なかず》の浜へむかった。

仲居の話したとおり、富永の本家があった土地は、その一画だけ夏草が茂っていた。

それでも河沿いの長方形の敷地はかなり広いものだった。草の生い茂った中に土蔵の跡だろうか、二面の壁だけが黄土色の土を晒《さら》して突き出していた。

「俺は、このあたりの家を叩いてみる。二人連れじゃ仰々しいから、どこかで待っていてくれるか？」

佐久間が上着と包みを手に持って、朝から強い陽差しの降り注ぐ空を見上げた。

今しがた下りたタクシーの運転手が、浜はすぐそこだと言っていたのを思い出し、私は佐久間に、この先の浜に居ると告げた。

河沿いの道を河口の方角へ歩き出した。

ちいさな船着き場があった。伝馬船《てんません》が二艘《そう》繋いであり、舳先に、近所の子供が捨てたものだろうか、赤いセルロイドの家鴨が横向きに浮かんでいた。そのそばに蘆《よし》の葉が中程から数本折れ曲って、川面に差し込んでいる。対岸は草に被《おお》われた堤が左へカーブしながら海へ連なって、そのむこうに古墳を思わせるような小山に松の木が一様に山側へ傾いて伸びていた。よほど海からの風が強いのだろう。昨夜と今朝の気候では、それほどの風が吹くようには思えなかった。瀬戸内海を知っている私には、日本海のほうが穏やかな海に思えていた。

　水音がした。見ると、セルロイドの玩具のそばに波紋が立って、家鴨の尾が揺れていた。ぼんやりと揺れる赤色を見つめていると、黒い魚影がゆっくりと浮かび上り、鯉《こい》が面を出して、そのまま船の舳先の方へ消えた。大きな鯉であった。背鰭《せびれ》と黄銅色に光る鱗《うろこ》が、目の奥にはっきりと残った。ふてぶてしいほどの魚体に弄ばれて揺れているへしゃげた玩具を見ているうちに富永の面白可笑しそうに踊る姿があらわれた。酔っ払った富永が満開の桜の木の下で訳のわからない歌を口ずさみながら、不自由な足を器用に跳ね上げて踊っていた。四人して夜桜見物に出かけたあの四月の岬の草っ原での姿だった。それはあとにもさきにも富永が一度きり見せた狂態であった。どうしてそんなものが突然あらわれたのかわからなかった。

私は鬱陶しくなり、水面から目を離して、海岸への案内板のある道を進んだ。案内板が示す松林の中へむかう小径に入ると、林の中は思ったより深く、鬱蒼《うっそう》としていた。松の木は皆山側にむかって斜めに伸びていて、たまに真っ直ぐの幹があっても上方の枝は歪んでいた。林の径は少し下っており、低地にかかるとひんやりとした空気が漂った。潮騒の音が聞こえて来た。目の前は寄せた砂が堰のように盛り上り、そこに丈の低い草が絡み合って、海のあろう眺めを遮っている。

私は砂地の坂を登った。その時、海の方角から一羽の蝶《ちょう》が舞い上って、背後の松の上方へ飛んで行った。黒い羽に一円玉ほどの大きさの黄色の紋章のような模様が対に覗いていた。見たことのない蝶であった。

海岸へ出ると、風が思わぬ強さで身体に吹き当った。昨日、電車から見たと同様に白波があちこちで立っていた。それでも陽差しは夏のように明るく、海一面を光りかがやかせていた。水平線が鋸の歯のように映るのも同じで、右手に碗《わん》を逆さに被せたかたちの島が青く浮かんでいた。砂浜は案外と広く、幅があり、夏ならば海水浴の人間が溢れるのだろう。

小一時間して、背後から声がした。

振りむくと、佐久間が包みを手に、先刻の堰の上に立っていた。

「出てみると、えらい風だな」

佐久間は右手で陽をかざし、沖合いを見たまま言った。

「たしかにトミヤスは、あの草地になった家の者だったぜ。二軒先に同じ姓の、分家の年寄りがいた。骨を見せたら驚いていやがったが、どうも厄介事がいろいろあったようだ。骨を預る気はないらしい。あの旅館の女の話は満更、戯言でもないな」

富永家の墓所は、津和野にあった。長姉の骨もそこへ持って行ったということだった。佐久間は海を見ながら、骨はここへばら撒いて引き揚げようと言った。

「津和野へ持って行ってやろう」

私が言うと、佐久間は一瞬、意外そうな顔をしてから、ニヤリと笑った。

乗り込んだ電車は益田の街を過ぎると、すぐに河沿いを走りはじめた。

むかいの席に座った佐久間は、電車の時間待ちに寄った駅前の食堂で飲んだビールの酔いが回ったのか、腕組みをして眠っていた。佐久間の脇に、紅白の風呂敷に包まれた富永の骨の入った木箱が、秋の陽差しに当りながら電車の振動に揺られていた。

奇妙なもので、こうして一日半余り骨箱を持つ佐久間を見ていると、箱が佐久間の身体の一部のように思えて来る。箱の中に入っているのが人骨ではなく、愛嬌のある小動物であってもおかしくはない。佐久間が眠っている隙に箱の蓋が乾いた音を立てて静かに持ち上り、中から愛くるしい瞳が覗き、車窓から差し込む陽差しに、まぶしそうに目をしばたたかせても、それがしごく自然な光景に思えた。

富永は、あの小田原の段々畑にあったちいさな沼に顔を埋めて息絶えた時から、すでに消滅してしまっている。火葬場の鉄板の上の骨片には富永の気配はすっかり失せていたし、佐久間が乱暴に壺に投げ入れたものが骨でも石片でも同じように思えた。

たかだか港街の、それも場末の定食屋で知り合った無愛想な男の供養のために旅へ出ているとは、佐久間も考えてはいまい。かと言って、馬車道通りの、富永の面倒を見ていた善良な時計屋の主人が佐久間に託した金が存外に高額で、主人の口から聞いた富永の生家が旧家で骨をわざわざ届ければそれなりの報酬が転がり込むのを期待しているわけでもあるまい。金を得るのに、佐久間がこれほど煩わしいことをするはずはない。それなら大の男二人がこうして電車に揺られている行為は何なのかと思った。拾った猫か、犬の首輪に飼い主の住所が記してあり、それを届けに行く子供のようなものなのか。似ているところはあるが、何かが根のところで違う。佐久間が提案したとおりあのまま益田の海に、骨を撒いてしまえば、それで旅は仕舞いになったはずだ。津和野まで富永の骨を持って行こうと言い出した自分の感情もよくわからなかった。

例えば麻雀なり、何かゲームをしていて、そろそろ仕舞いにしたいのだが、なぜかこのままゲームを終らせたくないような、そんな感覚に近いのかもしれない。そう言えば、私たち四人の麻雀も、仕舞いの時間を口にするのは富永の役目だった。富永がゲームを止めることを言い出さなければ、私も佐久間も木地も、永遠にゲームをやり続けるようなところがあった。

――これはゲームなのかもしれない。

私が胸の中で呟いた時、電車が急に揺れて停止した。

佐久間が目を開けた。私の顔を見て、たしかめるように脇に置いた骨箱に目をやった。

佐久間の額から汗が吹き出していた。大粒の汗が、顔を顰《しか》めた佐久間の眉根から零れ出し床に落ちた。佐久間は手で顎のあたりを拭いながら、陽差しの降りかかる窓の外を見た。下唇を嚙んで、首を伸ばすように下方を覗いた。

「ほうっ、いい河だな……」

佐久間は言って、汗で濡れた手を骨箱に置き、指先で箱を叩いた。

私は佐久間が何かを誤魔化したような気がした。

「ガンさんは釣りはやるのかい？」

佐久間は河の岸を見ていた。目をしばたたかせながら、また額の汗を拭った。当惑したような表情が、横顔に浮かんでいた。

何か厄介な夢を見ていたのかもしれない。昨日の電車の中で佐久間が話していた巨大な鷲の姿が浮かんだ。

「俺はいっとき寄居の家の近くの沼で、鯰捕《なまずと》りに夢中になった時があってよ。それも、こんな鯰だ。普段は沼の底に居やがるんだが、大雨の後なんかに水面に出て来るんだ」

佐久間は両手をひろげて、独り言のように話していた。

「津和野にゃ、でっかい鯉が、そこら中にいるらしいぜ。一匹、とっ捕えて帰るかな」

佐久間が白い歯を見せて笑った。

その時、私は木地と二人でじゃれ合っていた佐久間の姿を思い出した。まるで兄弟のように顔を寄せて笑い合っている二人の姿は、肉体が繋っているにしても、どこか異様に映るところがあった。なのにどうして佐久間は木地の死に関しては、無頓着《むとんちゃく》と思えるほど冷ややかに受け止めていたのだろうか。伊勢佐木署に勾留された富永を佐久間が助けようとした時の木地の、醜態にさえ映った激昂《げっこう》。麻雀にあらわれなくなった富永を気にかけていた佐久間の表情。馬車道通りの時計屋にわざわざ出向いた話……。

――何か、佐久間と富永の間に特別な関係があったのだろうか？

私は佐久間と木地の関係ばかりに目をむけていた自分が、何かを見落していたような気がした。

鯰の話をしている佐久間の顔を見ながら、私は目の前の佐久間の上半身が硝子か陶磁器でできた人形のように映り、それがこなごなに壊れて行くのを見ていた。床に落ちた破片の中に、小田原の火葬場で見た富永の骨片があった。どこかを上手く繋ぎ合わせれば、何か別のかたちになりそうなのだが、足元には無数の破片が散らばっていて、私はただ見つめているだけだった。

「ガンさんよ、ガンさん、聞いているのか?」

佐久間の声に、私は夢から醒めたように目を見開いた。

「おい、大丈夫かよ。顔が赤いが、熱でもあるんじゃないか」

私が首を横に振ると、

「そうかい、ならいいが。なあ、今考えてみたんだが、津和野の駅に迎えに出ると言っていた野郎にトミヤスの骨を渡したら、このまま九州の方にでも遊びに行くってのも悪くはないと思ってな」

と言った。私は黙って、電車の床に目を落していた。中須の海岸の砂がついたままの佐久間の靴が八の字にあるだけだった。

津和野駅のプラットホームに降りた時、佐久間は四方を囲む山をぐるりと見回し、

「こりゃ、本当に山の中だな」

と押し迫る緑の沢を眺めていた。

山間《やまあい》の盆地に立ったせいか、風もひんやりとしていた。電車が出て行くと、私たち二人だけがプラットホームにとり残されていた。佐久間は駅の改札へむかって歩き出した。

改札を出ると、ちいさな駅舎の中に麦藁《むぎわら》帽子を手にした小柄な老人がひとり、私たちを見て、おずおずと近寄って来た。

白髪まじりの短髪に、日焼けした顔の中に白くなった眉が浮き上り、老人の目を柔和に見せていた。古い麦藁帽子に白いシャツ、色褪《いろあ》せた作業ズボンの腰から下げた手拭い、泥の付着した運動靴から、老人が野良仕事をしているのがわかった。長い間、土に触れて来た者が持つ、短くて骨太の指が麦藁帽子の庇《ひさし》を握りしめていた。

「あの……、横浜からみえんさった佐久間さまでしょうか」

老人は佐久間の顔を見上げて訊いた。

「ああ、そうだが。富永の縁者の人かい？」

佐久間がぶっきら棒に言うと、

「は、はい。私、富永の家に仕えとりましたワ、ワダ、ゴ、ゴイ……」

老人の言葉は語尾があやふやになり、その目はすでに佐久間の右手が持つ骨箱にむけられていた。帽子を握った手が小刻みに震えていた。ちいさな目から大粒の涙が零れていた。

「安春さまの、骨でございますか?」

老人の手が骨箱の方へ伸びた。

「そうよ。一日半、電車に揺られて届けに来たのよ」

佐久間が言っても老人にはその声は耳に届かぬふうで、老人は富永の名前を二度、三度と呼びながら、佐久間が差し出した骨箱を受け取り、胸に抱きかかえて嗚咽《おえつ》をはじめた。

佐久間が笑って、私の顔を見た。私は佐久間の顔を見返してから、駅舎の売店に目をやった。女が売店の中から顔を突き出し、私たちの様子を窺っていた。老人は赤児を抱擁するように、背を丸めて泣いていた。

佐久間は煙草を取り出して、老人のしたいようにさせておくつもりなのか、ゆっくりと煙りをくゆらせていた。やがて老人は顔を上げると、佐久間にむかって、

「遠い所から、わざわざお運びいただいて本当に有難うございました」

と言って頭を下げた。

「いいってことよ。おまえさんのように富永を思ってくれる者がいて、こっちも

苦労して持って来た甲斐《かい》があろうってものだ。それで、富永の家の墓は、ここにあるんだな」

佐久間は老人の肩に手を置いて言った。

「はい、ございます。明日でも寺へ行って、安春さまの供養をして貰います。どうぞ、宿が用意してございますで、今夜はゆっくり休んでいって下さいませ」

老人が言うと、

「そうかい。そりゃ、済まないな。こっちも長旅で疲れてるから、そうさしてもらおうか。なあ、ガンさんよ」

佐久間は嬉しそうに言って、私を見た。

「縁者が見つかったなら、これでいいだろう。引き揚げよう」

私が佐久間に言うと、老人は甲高い声で、

「そうおっしゃらないで、何もできませんが、ぜひ一晩だけでも休んでいって下さいませ」

と縋《すが》るような目をして言った。

「ガンさん、どうせ今からじゃ、どっちみちどこかへ泊らなきゃならねえよ。せっかく爺さんがこう言ってんだから、そうしようぜ。それにここまで来たんだからトミヤスの供養をして帰ろうじゃないか」

佐久間はわざと声を和らげて言った。

「ぜひ、そうして下さいませ」

老人はまた深々と私に頭を下げた。


夕刻、老人が宿に挨拶に来た時、佐久間は宿の近くをぶらついて来ると、出かけたところだった。

老人は私の部屋にやって来た。

「どうも今度はいろいろ有難うございました。あなたさま方のお陰で安春さまの供養をして差し上げられます。本当に有難うございます」

老人は畳に額を擦りつけるようにして言った。

「俺に礼を言うな。富永の骨を持って来たのは連れだ。礼は連れに言え。もう少しすれば戻って来る」

私が言っても、老人は部屋の入口に座ったままだった。

「あのう、それで……、安春さまとはどちらで……」

「だから、詳しいことは連れに聞いてくれ。俺はただついて来ただけだ」

その時、玄関の方で声がして、佐久間が戻って来た。

「よう爺さん、いい宿を用意してくれて悪いな。爺さんも一緒に飯を食べろよ。一杯やりながら、富永の話でも聞かせてやるよ」

佐久間が言うと、老人は大きく頷いて、もしお邪魔でなければ、ぜひ話を聞かせて貰いたいと言った。

風呂を使って出て来ると、宿の女が夕食は別棟に用意してあると告げた。帳場の奥で宿の者と話し込んでいる老人の姿が見えた。

山間の宿にしては、豪勢な宴席を老人は用意していた。上座に座った私と佐久間の前に老人が遠慮がちに座り、老人の隣りに富永の骨箱が置かれ、その箱の前にも箸が並べてあった。佐久間はそれに目を止めて、私の顔を見たが、すぐにわざとらしく高笑いをして、

「こりゃ、供養にはちょうどいいや」

と老人にむかって言った。

「私も年を取りまして、独り住いなものですから、安春さまの骨を置いたままだと、お淋しいと思いまして……」

と言いながら、佐久間と私のグラスにビールを注ぎ、骨箱の前のグラスにもビ

ールを注いだ。下戸だと言う老人は手酌で盃に酒を注ぎ、それを舐めるようにしたきり、佐久間の話す生前の富永の様子を真剣な目をして聞いていた。

佐久間が富永のことを誉めると、老人は自分が誉められたように顔を赤くし、嬉しそうに頷いていた。

「そりゃあ、爺さん。あいつの職人としての腕前はたいしたもんだったよな。なあ、ガンさん」

佐久間は時折、私に同意を求めるようにしながら、富永のことを誉めていた。

「横浜の馬車道通りにある××堂と言やあ、そりゃあ、老舗の中でも一、二の店だ。そこで一番の仕事をしていたんだから……」

「安春さまは子供の時分から、手先の器用な方でしたから……」

老人が笑みを浮かべながら言った。

「そうだろうな。あれは持って生まれたもんだろうよ。ガキの頃から、そんなのだったのか、トミヤスは」

佐久間が言うと、

「まだ学校に上られる前に、津和野で描かれた絵が評判になりまして」

「ほう、そうかい」

身を乗り出すようにして相手の話を聞く、佐久間の巧みな会話に乗せられて、

「その絵は私が頂戴しまして、今も大事に飾っております。ご覧になりますか？」

と老人も赤い顔をして佐久間を見返した。

「ほう、トミヤスのガキの頃に描いた絵か……、ガンさん、見てみたいもんだな」

佐久間は私に言った。

「その絵を今宿の帳場に持って来ています。もし宜《よろ》しかったら……」

「ぜひ、見せてくれ」

老人は嬉しそうに頷き、上着のポケットから古い封筒をテーブルの上に出し、

「絵はすぐに持ってまいります。これが安春さまの六歳の時の写真でございます。春、夏と、元々の本家があった津和野にはよく遊びにおいででしたから……」

と中から色褪せた一葉の写真を出した。佐久間はその写真を手に取り、それをじっと見つめて、

「トミヤスも無垢《むく》なガキの時代があったんだなあ」

と笑い、

「この隣りにいるのは、爺さんの若い時か」

と訊いた。

老人は頭を掻きながら、

「私は富永の家の、上の田を任されておりました。その写真は、私のこしらえた棚田で撮ったものです。どういうわけか、安春さまに好かれまして、津和野へ遊びに見えると、私のところに来られまして……」

と言って立ち上って部屋を出て行った。

「えらい、ご執心だな。しかし、あの爺さんの悦《よろこ》ぶ顔を見たら、やって来た甲斐もあったってもんだ」

佐久間は言って、手に持った写真を私の前に放り投げた。

茶褐色に変色した写真には、田圃の畔径のようなところにシャツと半ズボンの少年が恥ずかしそうにして、上半身裸の男に抱きかかえられていた。逞《たくま》しい体軀《たいく》の農夫の手に抱かれた少年の表情からは、関内の焼鳥屋で酔いどれていた富永の姿を重ね合わすことができなかった。

老人から説明をされなかったら、二人は親子のように思えた。それほど二人の顔立ちには似かよったところがあった。背後に穂を実らせた美しい稲の棚田が、秋の風に揺らいでいた。その棚田のむこうに急勾配の三角錐のかたちをした山が映っていた。

何の事情があって、富永がこの美しい場所を捨て、横浜に流れ着いたのかはわからないが、赤茶けた写真の中には、不確定な未来であれ、夢見るような無垢な世界があった。

「それにしても妙なもんだな……」

佐久間がビールを手酌で自分のグラスに注ぎながらぽつりと言った。

「俺も、そうだったが、ひとつところに定住できない奴はどこにもいるものなんだな。トミヤスとて、ここで静かに生きていりゃあ、あんな死に方をせずに済んだものをな……。しかしその写真を見る限りじゃ、トミヤスの身体は、この頃はまだおかしくはなってないように見えるな……」

たしかに佐久間の言うとおり、農夫に抱きかかえられた少年の身体は健常に見えた。

障子戸のむこうから声がして、老人が戻って来た。

その絵は格別、才気が感じられたり、技巧に感心させられたりする作品ではなかったが、それでも六歳の子供が描いたものと言われると、富永は早熟であったのか、画面の左右に描かれた花を咲かせた樹《き》の描写などは、大人が誉めるには充分過ぎるものがあった。

「これは桜か？」

佐久間が訊くと、

「百日紅の木です。富永の家の菩提寺《ぼだいじ》の庭に立派な百日紅の木が今もございます。安春さまはこの絵をひと夏かかって描かれました。あんまり熱心に描かれまして、日射病を患われました。ひとつのことを始められると、最後までやり通さないとすまない性分でしたから……」

老人の言葉に佐久間が笑った。

「その性分は大人になっても変わらなかったようだな……」

佐久間が笑って言うと、老人も目を細めて頷いた。

「ところでトミヤスが死んじまったことで、富永の家は途絶えっちまうってことになるのかい？」

「………」

佐久間があらたまった口調で言った。

老人は黙ったまま、テーブルの上の骨箱を見ていた。

「何やら込み入ってるようだな。益田の中須にあった分家の者にトミヤスの骨を持って行っても迷惑そうな顔をされたぜ。焼けちまったあの屋敷跡だって、たいした坪数があるじゃあねえか。よくある遺産相続のごたごたってやつが、あるってことか」

老人は何も答えず、盃に残っていた酒を飲み干した。

「もしかまわなかったら、その事情を話してくれないか。実はな、俺はトミヤスにかなりの貸しがあるんだ……」

佐久間が言うと、老人の目の奥が光った。

私は立ち上って、厠《かわや》へ行った。

佐久間が本気で金を取ろうとしているとは思えなかった。半分は酔いにまかせて、口にしたことのように思えた。佐久間の持つ独特の嗅覚《きゆうかく》が何かを嗅ぎ取ったのかもしれないが、あの老人に、そんな話をしたところで仕方ないように思えた。

部屋に戻ると、老人の姿は失せていた。骨箱もなかった。

老人と骨箱の失せた部屋で、佐久間は口元に笑みを浮かべて自酌していた。

私は佐久間の隣りに座り、酒を飲みはじめた。老人が失せると、背後にあった龍を描いた墨絵が二人の前にあらわれた。この鄙《ひな》びた山間の宿の壁に掛けられたものだから、田舎絵師が描いたのだろうが、眺めていると、奇妙な威圧感があった。

絵の存在に今頃気付くということは、今しがたまで視界の中にあったあの老人と富永の骨箱の存在が大きかったのだろう。

クックククと、隣りで佐久間が笑った。

銚子徳利を手に取ると、空であった。佐久間が手を叩いた。乾いた音の余韻が部屋の中に響いて、静寂がひろがった。佐久間が吐息をついた。その吐息は半分、私の肺の中から洩れ出したもののように思えた。

骨箱が失せてしまうと、私と佐久間を繋いでいた何かが断ち切れたような気がした。木地と富永が死んでから、二人の関係はすでに崩れはじめていて、佐久間も、そのことをうすうすは勘づいていても、どこかでふっ切れずに、富永の骨を生家へ運ぶ、この奇妙な旅へ出かけたのではなかろうか。運ぶものが骨ではなく、富永の残した時計であっても、彼の赤児であっても、それはかまわなかったように思えた。

——二人とも幽霊を抱えて旅に出たのかもしれない……。

私は宿の女の運んで来た徳利の酒を盃に注ぎながら呟いた。

幽霊の正体は、富永でも木地でもなく、私たち四人が生まれついてか、それともどこかで取り込んでしまった確証のつかない相手で、そんな厄介なものに抱擁されていた四人が、あの定食屋で出逢ってしまったのではなかろうか。

「それにしてもよ、ガンさん。人って奴はいろんなものを抱えていやがるもんだな……」

佐久間が言った。

私は龍の絵を眺めていたが、佐久間の口調から、彼の表情が想像できた。私は黙って酒を飲み干した。明日の朝には、ここを出発しようと思っていた。

「ガンさん、トミヤスは小田原でくたばる前に、ここへ顔を出してやがった。それもよ、あいつは自分がああなるってことをわかっていて、戻って来た節があるらしい……」

佐久間が私の盃に酒を注いだ。私は女のような佐久間の白い指先を見ていた。

「今しがた、俺は、あの爺さんに骨の運び賃代りの借財の話を切り出してやったのよ。そうしたら、あれで、あの爺さん、なかなかの性根をしてやがって、トミヤスが他人に金を借りることなぞ金輪際ないと言いやがった。俺が、どうして、そんなことがわかると突っ突いてやったら、この夏の初めにトミヤスは、益田とこの町へ、ひょっこり戻って来たと言いやがった。それで野郎は爺さんに死んだ姉の墓守り代を渡して引き揚げたってことだ……」

私は佐久間の顔を見た。

佐久間は私の目を覗き込むようにして、

「その金をこっちへ回せと言ったら、爺さん、借りた金額を聞いて来た。俺が片手をひろげて鼻先に突き出したら、とぼけやがって五十万かと言いやがった。そんな端金《はしたがね》で、こんな処まで、大の大人がのこのこ来るものかと怒鳴りつけると、爺さん、顔色も変えずに、借用証か何かあるのかと言い返しやがった。ガンさん、上手い塩梅に絵図が描けりゃあ、思わぬ金が転がり込んで来るかもしれないぜ」

佐久間は笑って、手酌で盃に酒を注ぎ、それを美味そうに飲み干して、口元を舐めた。

「面白いことになりそうだ。俺は以前から、トミヤスはかなりの金を貯《た》め込んでやがると踏んでいたんだ。無論、それが目当てで野郎と遊んでいたわけじゃないぜ。しかし考えてもみな、トミヤスはもうくたばっちまってるし、あの爺さんにしても、この先どれだけ生きるっていうんだ。おまけにこんな田舎だ。下手すりゃ、金は寺の坊主の酒賃になっちまうかもしれないんだぜ。こっちには骨を送り届けてやった貸しがあるんだ。借用証なんぞはどうだってなる。なあ、ガンさん少し逗留《とうりゅう》して、土産品を担いで帰ろうぜ。ここが辛気臭いなら、益田で女と遊びながらってえ手もある……」

佐久間の金に対する独特の嗅覚とそれを引き込む網に、あの老人が嵌ったのかもしれないが、津和野へ着くまでの佐久間はまったく別の感情で富永の骨を抱えていたように思えた。

佐久間の白い指が机の上を小刻みに叩いている。それは麻雀をしている時に、時折彼が見せる仕種だった。佐久間は今、頭の中で絵図を描いているのだろう。一円の金でも多く、相手の懐から引き出し、それを取り込むための算段を綿密に計っている。金に正当な金も不当な金もあるはずはないが、金を得る方法論には正当、不当に見えるかたちがあるらしい。しかしその境界線は極めてあやふやである。佐久間には生まれついての気質のせいか、どこかでそんな方法論を体得したのか、いずれにしても世間の人間から見ればあくどい金の得方を選択しているように見えた。

——金は、金でしかないのよ。金に替わるものなんぞ、ありゃしない。

いつか佐久間は笑いながら言っていた。

だからと言って、佐久間が金を至上と考えているようにも見えなかった。彼の行動を見ていると、時々、間が抜けたようなところがあった。拘置されていた富永を伊勢佐木署から出してやろうとしたり、定食屋の女将と連れ合いの男と旅へ出たりすることは、金を最上のものと考えている人間がすることではない。それは富永の骨をこんな土地まで運んで来ることも同様だった。

「トミヤスの、あの丸太ん棒みたいな手が俺たちを引っ張りやがったってことか……」

佐久間が嬉しそうに言った。

どこを境に佐久間が企《たくら》みはじめたかはわからないが、佐久間にとっては、あの老人から金を取り込むのは何よりもまして快楽があるのだろう。

「ともかく明日の朝は墓へ行ってやろうじゃないか」

私は盃を机の上に置いて、立ち上った。

「俺は明日、引き揚げる」

「墓へは行かないのか？」

「あの骨を墓石の下へ放り出すだけのことだろう」

私は目の前の墨絵を見ていた。

「そうかい。じゃ、そうすりゃあいい。俺はもう少し、あんたと旅をしてもいい気でいたんだがな……。その旅費をちょっとばかり、爺さんに出させようとしているだけのことだ」

「佐久間、勘違いをするな。俺はおまえのやろうとすることを兎《と》や角《かく》言ってるんじゃない」

「そうかい。わかった。けどよ、墓まではつき合ってくれないか。俺一人が残って、墓へ参るのはいかにもだ。俺の絵図には、墓まではあんたが立っている。済まないが、そこまでは居てくれ。どうせ、昼前には済むことだ。そう言えば、ガンさん。春の終りに出かけた寺泊で逢った爺さんを覚えてるかい?」

佐久間は言って、手酌で酒を注いだ。

「ああ、夜中に田圃を見物に行った折の爺さんだな」

「そうよ。あの爺さんの方じゃなくて、例の、頭がおかしくなっちまった作造という男のことを覚えてるか?」

佐久間は並外れた記憶力を持っていたが、男の名前まで覚えていたのはよほど話が印象深かったのだろう。

「自分の水田を潰してしまう男だったな」

「俺はあの男のことが妙に気になってな……。厄介な話を身体の中に入れちまったと思ってるんだ。ガンさんには何でもない戯言だったのか」

「………」

私は黙って盃の酒を飲んだ。

「キサンに話をしたのだが、野郎はまるで興味を示さなかった。そうだろうとは思っていたけどな……。あいつは身体の中にものをしょい込む気質じゃないからな。それが野郎のいいところだった」

佐久間の声がしんみりと聞こえた。

「ところが俺はトミヤスと最後に逢った日に、作造の話をしたんだ。ほれ、麻雀を打った夜だよ。トミヤスは不機嫌だったろう。キサンがトミヤスの奴に話をしやがるから、俺は心配になって、どうにか奴を横浜に居させたいと思って飯を喰ったのよ。しかし奴はなかなか腹を開かない男だからな。話の繋ぎのつもりで作造の話をしたんだ。そうしたら奴は途端に不機嫌になりやがった。その反応を見ていて、俺はトミヤスが可愛いくなった」

――それは佐久間、おまえと同じ反応なんじゃないか。

と言いたかったが、それを口にすれば、私も同じ反応をしていたことを言っていることになると思った。

「奴には悪いことをした。小田原の田圃で頭を突っ込んで死んでたと聞いた時は嫌な気がしたが、仏を見たら、それが思い過ごしだとわかったからな……」

独り言のように話す佐久間を見ていて、佐久間があの作造のことをそんなに気にしていたのが意外だった。

「じゃ、俺は休む」

私が立ち上っても、佐久間は膳の前に座り込んで動こうとしなかった。私は佐久間を残して部屋へ戻った。


夜半、私は自分の呻き声で目を覚ました。

闇の中で目を瞠《みひら》くと、今しがたまで自分が埋もれていた花瓣が静かに揺れていた。

天井一杯にひろがった数枚の花瓣が揺らめきながらゆっくりと舞い降りて来た。蜂の羽音に似た音が四方から聞こえはじめ、花の匂いが鼻を突いた。私は花瓣を掻き消そうと手を振り上げたが、呪縛されたように身体を動かすことができなかった。花瓣は目前に迫り、ゆっくりと頰を撫でた。花芯から洩れ出した液体が、頰から耳に伝わった。生温かい感触の後に、その花汁が凝固して行くのか、頰や耳朶《みみたぶ》、首筋の皮膚が音を立てて収縮するのがわかった。顔面が引き攣《つ》って行く。

私は顔を歪めながら口を開き、声を上げた。

花瓣はたちまち失せ、天井の板目が薄闇に浮かんだ。手を顔に伸ばし頰を指でなぞると、かすかに濡れているのを感じた。窓辺に目をやったが、雨戸は閉じられていた。夜半の雨が降り込んだわけではない。

――まさか、泣いていたのでは……。

私は目元を指で触れた。下瞼を指で押すと、涙が爪先に零れた。

――いったい、どうしたというんだ？

私は上半身を起こして、薄闇の中に胡座をかいた。

しかし両手の小指と薬指が曲ったままだった。何かにひどく怯えていたのだろう。私は蒲団に両手を押しつけながら、曲った指を一本ずつ伸ばした。闇に目が慣れて、蒲団の布地が仄かに浮き上った。牡丹の花模様だった。すると牡丹の花がふいに舞い立ち、その浮遊に目を奪われた途端、部屋中に花が咲き乱れていた。芍薬の花であった。花のむこうに、白い着物を着た女がひとり、こちらに背をむけて佇んでいた。

――まだ夢の続きを見ているのか？

そう呟いた時、花の群れが失せた。


老人が宿に迎えに来たのは、私たちが朝食を済ませて茶を飲んでいる時だった。もう何年も着ているような少し色褪せた紺色のスーツ姿が、溺愛《できあい》していた富永の納骨への老人の厳粛な気持ちをあらわしているように思えた。

私が宿の前に待っていたタクシーに乗り込もうとすると、手にしていた土産品の紙袋に老人は目をやり、

「お出かけになるのですか？」

と聞いた。

「ああ、俺は墓参りを済ませたら引き揚げる」

私が言うと、老人は佐久間を見た。佐久間はちいさく頷いて、

「岩倉さんは横浜で仕事があるんだ。忙しい中を富永の供養にわざわざつき合って貰ったんだ」

と声を張るようにして言った。

「そうでしたか……。それは本当に有難うございました。それでしたら……」

と老人が何事かを言いかけると、

「爺さん、岩倉さんは忙しいんだ。早いところ墓へ行こうぜ」

と佐久間が老人の言葉を遮るように声を掛けた。老人は私の顔を見ながら、タクシーの助手席に座った。

川むこうの山麓《やますそ》に富永の菩提寺はあった。タクシーを降りて、ちいさな棚田の中の道を歩いていると、

「電車は何時でございますか？」

と老人が私に言った。

「俺のことは気にしないでくれ。墓を参ったら、そのまま駅へ行くから……」

「あの……、寺では経を唱えて貰うのですが……」

時間のことを気にしているのか、老人が小声で言った。

「そんなに急いでいるわけじゃない。今日中に戻ればいい。そっちの都合でやってくれてかまわない」

「そうですか。有難うございます」

老人が済まなさそうに頭を下げた。

ちいさな寺の門を潜《くぐ》ると、右手に鐘楼があり、境内の左右に大きな木肌が白く光る木が一本ずつ聳《そび》えていた。

「ほうっ、こりゃたいした百日紅だ」

佐久間が感心したように木を見上げていると、本堂から紫の法衣《ほうえ》を着た坊主があらわれた。老人は丁寧に坊主に頭を下げた。

「この百日紅は何色の花が咲くんだ？」

佐久間が誰に聞くふうでもなく言うと、

「それは白い花が咲きます。あっちの木は薄紫の花が咲きます」

と坊主が笑って返答した。

「ほうっ、薄紫の花が咲くのか……」

佐久間はそう言って、左手の木の下に歩み寄り、そちらの木を見上げていた。

「百日紅の花がお好きですか？」

坊主が佐久間に声を掛けると、

「別に好きじゃないが、俺の生家にも薄紫色の花が咲く百日紅の木があったからな。関東じゃ、百日紅の花は紅と白がほとんどでな。俺の家の百日紅が珍しくて見物に来る者もいたのよ。ここいらじゃ、薄紫の花は珍しくはないのか……」

と彼は幹を手で触りながら言った。

「いや、この辺でも珍しいものです」

坊主の声に、佐久間は納得したように頷いていた。

「もう少し早く来てりゃあ、花が拝めたってことだな」

佐久間の言葉に坊主が嬉しそうに笑った。

本堂に入ると、寺の格式が高いことが堂内の様子でわかった。佐久間は坊主に仏像のことを尋ねていた。

「岩倉さま、もしかまいませんでしたら、墓参の後で少しだけ時間をいただけませんでしょうか……」

老人が小声で言った。私が頷くと、老人は少し安堵したように表情を和らげた。

丁寧な経であった。佐久間は経が苦手なのか、中座したまま戻って来なかった。経を終えて、老人が富永の骨箱を抱え、坊主が卒塔婆《そとば》を手にして堂を出ると、佐久間は先刻の百日紅の下で煙草を吸っていた。

墓は本堂の裏手にあった。富永の家の墓はそこだけが石の柵で囲まれて、墓石が三基並んでいた。中央の大きな墓には果物と菓子が供えられて、真っ白の菊の花が陽差しに当っていた。

老人は左手にある、まだ新しい墓の前にしゃがみ込み、家紋の刻まれた石を両手で摑んで引き抜いた。それから骨箱を開け、中から骨壺を取り出した。

「これはまた、えらい、こまい壺じゃのう」

坊主が言った。

老人が富永の骨壺を納めている間に、墓石の側面に刻まれた文字を読むと、二人の女性の戒名があり、没年を見ると、四十八歳と七歳とあった。

坊主が経を唱え、老人、佐久間の後に、私も手を合わせた。

「これでトミヤスも成仏できたな。よかったな、爺さん」

背後で佐久間の声がした。振りむくと、老人は鼻にハンカチを当てていた。涙を浮かべた目が、私を見て静かに閉じた。

タクシーの迎えが来て、三人で乗り込むと、老人が、

「駅までお送りしますで……」

と言った。

タクシーが佐久間を先に宿で落して走り出すと、

「次の電車の時刻までには小一時間ありますから、この先に蕎麦屋がございますからいかがでしょうか」

と言った。

「いや、朝食を摂《と》ったばかりだし、腹は空《す》いていない。話があるなら駅の待合い室でもいいだろう」

「それなら年寄り独りのむさ苦しい家ですが、私の家で少しお話したいのですが……。家はすぐそこですから」

老人が、頑《かたく》なな表情で言った。

年寄り独りの住居にしては、平屋造りの大きな門構えの家だった。

居間に通されて、老人はすぐ奥に消えた。

「おい、何もいらないから用件を話してくれないか」

私は物音がする奥の方へむかって言った。

老人は茶を載せた盆を手に戻って来て、

「独り暮しで、尋ねて来る者もおりませんから渋茶でございましょうが……」

と茶碗を私の前に置いた。

「気遣いはいいから用件を話してくれ」

私が言うと、老人はちいさな包みを差し出した。

「何だ？　これは」

「失礼とは思いますが、安春さまのお骨を運んで下さったことの御礼でございます」

「俺は、そんなつもりで来たんじゃない。金なら佐久間が富永に貸し付けていたものがあるらしいから、そっちに使え」

「はい。佐久間さまの方は、別に用意してございますから」

老人は私の顔をじっと見つめて、畳に額がつくほど頭を下げた。

「私には安春さまのことだけが気がかりでした。それが、この夏、突然戻ってまいられまして……」

深い吐息とともに老人が話し出した。


山口線で小郡《おごおり》駅まで出て、私は山陽本線の上りの急行列車に乗った。

広島で特急列車に乗り継げば、夜までには横浜へ着けそうだった。

岩国《いわくに》駅を過ぎたあたりで、むかいの席に老婆が座った。大きな風呂敷包みと新聞紙に包んだ花が老婆の膝の上に載っていた。わずかに覗いた花瓣で、それが菊の花だとわかった。

花瓣を見ているうちに、老人の家の壁に掛けてあった富永が幼い頃に描いた絵がよみがえった。

立派な額の中に入ったその絵は昨夜、宿で見せられた絵と、筆致が違っていた。百日紅の木がある構図は似ているが、その絵にはひとりの少女が立っていた。私が老人に、あの少女は富永の縁者かと尋ねると、老人は深い吐息を洩らし、少女が富永の従妹《いとこ》になると言ってから、彼女が七歳の時に川で溺死したことを話した。富永が津和野と益田を出て行った理由が、従妹の死にあると哀《かな》しげに語った。

あの墓石に刻まれた幼女の戒名は、その少女のものだった。生まれてすぐ足を悪くした富永と、その従妹は歳も近かったせいか、兄と妹のように仲睦じかったらしい。少年の富永は或る日、少女を連れて津蟹《つがに》を捕りに出かけた。その日、午后から激しい雨が降り出した。集中した雨の数時間後に山の水が一斉に川へ流れ込むことは子供たちも大人に言われて知ってはいたが、家へ戻ろうと浅瀬を渡ろうとして、運悪く、少女が川へ流された。少年の富永にはどうすることもできず、少女は翌朝、川下で溺死体で揚った。富永は少女を死に追いやったのは自分のせいであると信じ、錯乱したと言う……。

私はぼんやりと老婆の膝の上の花瓣を見つめていた。

関内の焼鳥屋で、手を脂だらけにして鶏を食べていた富永の姿が浮かんだ。

——あんたはやさし過ぎるんだよ。それがあんたに厄介をしょい込ませるぞ。

富永の声がよみがえった。

その時、老人が家で見せてくれた数枚の写真の中の少女の顔が浮かんだ。切れ長の目をした大人びた面相をした顔であった。特徴のある濃い眉と目が、奇妙な印象を与えた。

目の前の菊の花瓣が上空に舞った。それは老婆が立ち上ったことだけなのだが、花瓣の鮮やかな赤色に、あの日、富永が関内の路地でひとりの少女と話し込んでいた姿があらわれ、その少女の着ていたまぶしいような黄色とうつむいた横顔が、あの古い写真の中の少女と瓜ふたつに思えた。

いつの間にか日が落ちて車窓に夜の闇が流れていた。

ぽつんと田圃の中に家灯りが見えた。あの灯りの下に、今頃は一家《いっか》団欒《だんらん》の家族の光景があるのだろうか。そういう類いのものとは無縁な場所で富永は生きた。

それは私も佐久間も同様なのだろう。

——どうしてそんなふうにしか生きられないのか。

闇を見ながら、私はこれまで思いもしなかった疑問が湧いた。身体の中に奇妙な重味がひろがっていた。

あの山間いの村で見たものに、その答えはなかった気がした。富永が描いた絵も幼い時に遭遇した事件も、いかにも富永があんなふうにしか生きられなかった理由に思えるが、私には符丁が合い過ぎているように思えた。小田原で死ぬ前に富永が訪ねて来たと老人は言っていたが、あれは金を引き出そうとする佐久間への老人の作り話ではなかろうか。写真に写っていた少年の富永と、私が横浜で出逢った彼は別の種類の人間に思えた。

どこで生まれたとか、幼い頃に何があったとか、そんなこととは無関係に人は或る時に異種の芽のようなものが身体の中からあらわれて、どうしようもない性《さが》にむかって歩き出してしまう気がする。それは一見世間で言う、まっとうなものとはかけ離れているように見えるが、群れに生きるものが一様にむかう場所や、草原の草々が一様になびく方角を拒絶して、己の中に芽ばえ根付いたどうしようもない生を歩くことしかできないのではなかろうか。

富永が少女と立ち話をしていた姿が浮かんだ。少女のことで教師を刺し、半殺しになるまであの身体でヤクザと渡り合っていた富永の形相が、小田原の畔径を、少女のために買い出しの袋を手に跳ねるように登っている富永の姿と重なった。私は富永がたまらなくいとおしく思えた。私と同じ感情を佐久間も抱いている気がした。

——あいつは……。

そう胸の中で呟いた時、電車が隧道に入り、車内が一瞬闇に変わった。隧道の中を木霊する車輪の音が子供の悲鳴のように、私の耳の底に響いた。

乗り継いだ電車が横浜に着いたのは、夜の十一時を過ぎていた。あの寝所に帰る気分になれず、私は中華街の中にある、ちいさな木賃ホテルに泊った。

隣室から、このホテルを仕事で使っている娼婦の笑い声と、女の連れ子だろうか、子供の声が薄い壁を通して聞こえた。夜半、物音に目覚めると、部屋が振動しており、女の艶声が聞こえた。甲高い声であったが、すぐに止んだ。少し間を置いて、床板を軋ませる靴音が廊下へ去り、廊下の共同トイレの方から鶏を絞め上げたような嘔吐する声がした。女は部屋に戻ってからしばらく咳をしていた。咳はなかなか止まらず、最後に内臓《はらわた》まで吐き出したような大きな咳をして、深い溜息《ためいき》をついた。子供はどうしたのだろうかと考えているうちに寝てしまった。

翌日は昼前に起きて、ホテルの側《そば》の粥屋《かゆや》でビールを飲み、夕刻まで部屋で横になっていた。身体がひどくだるい上に熱があった。夕刻、廊下から従業員の女がドアを叩いて、返答もしないうちに合鍵でドアを開け、ソウジ、とだけ言った。中国人らしき、その女は私の顔をじっと見て、またソウジ、と言った。上半身裸のまま廊下に出ると、少女を抱きかかえた隣室の女が共同の洗面所で、子供の身体を洗っていた。レモン色の半パンツから剝き出た細い脚の片方を洗面台の縁に乗せ、その膝の上に子供を載せ、器用に子供の頭を洗っていた。中国人ではなく、フィリピンかベトナムから来ているようだった。女は私を一瞥し、子供の濡れた髪を拭っていた。たくし上げたシャツの浅黒い二の腕から蝶の刺青が見えた。昨夜の女の執拗に続いた咳と深い溜息が耳の奥によみがえった。

私は階下へ降り、受付に頰杖ついてFEN放送を聴いていた主人に電話を借りた。主人は表へ出れば公衆電話があると言いながら、私の言った須藤の事務所の電話番号を回した。

番頭役の葛西を呼ぶと、葛西は丁寧な言葉遣いで、私の居処を訊いた。私は、昨夜、横浜に戻ったことと今夜逢いたい旨を告げた。これからすぐにならと葛西は言い、約束の場所を決めた。電話を切ると、主人が何日《いつ》まで居るのかと聞いた。私は数日分の金を渡し、ホテルを出た。すでに日は暮れ、中華街の店々の灯りが、秋の風に揺れていた。

待合わせた桜木町の高架下にある喫茶店へ行くと、葛西は奥の席でテーブルに書類をひろげて何やら書き込んでいた。葛西はそれに夢中になっており、私が背後まで来ても気付かなかった。声を掛けると、葛西は驚いたように顔を上げ、笑いながらテーブルの上の紙を畳んだ。

私は葛西に仕事を退《や》めることを告げた。葛西は給与のことで不服があるなら須藤に交渉するし、そのくらいのことは何とかなるだろうと具体的に金額を口にした。私が首を横に振ると、せめて年内まで居てくれると助かるんだがと言った。葛西はしばらく私の顔をじっと見つめ、そうか、と頷き、新しい仕事の口が見つかったのならいいのだが、と独り言のように言った。

それから思い出したように、私が旅へ出た翌夜に、あの中三階の寝所に誰かが押し入り、部屋を掻き回した上に汚水をぶちまけたことを話した。私は黙って、葛西の話を聞き、明日、部屋の始末をして引き揚げると言って立ち上った。すると葛西が、頼みがあるのだがと何やら言いにくそうに、テーブルの右隅に畳んだ紙をひろげた。私は葛西の顔を見た。白い歯を出して、葛西は紙を私の方へむけ、保証人になってくれないかと小声で言った。婚姻届だった。

葛西の話では、生まれた娘が保育園に入るのに戸籍謄本が必要と言われ、一緒に暮らしている母子を入籍させなくてはならないということだった。私の三文判を会社の経理から持って来ていた。

「それは目出度いことだ。俺でかまわないのなら……」

私が座り直すと、葛西は額の汗を拭いながら、この歳で今さらと思ったが、子供のことを考えると仕方ないんでな、と羞《は》じらうように目をしばたたかせた。私が保証人欄に名前を書き込んでいる間、紙の上端を押さえた指が小刻みに震えていた。第二関節から欠けた左小指の先が、歪《いびつ》に膨んだ硝子細工のようになっていた。その指先が紙を擦る音が聞こえた。私は名前を書き終えると、上着の内ポケットに入っていた茶封筒をテーブルの上に置き、入園祝いだと差し出した。津和野の宿を出る時に佐久間がよこした金だった。いや、そりゃ悪い。貰う道理がない、と言う葛西の手に無理矢理金を握らせ、私は喫茶店を出た。

外へ出ると、足元を攫うような海風が吹いて来た。私は今しがた見た葛西のはにかんだような笑顔を思い出し、葛西の愛嬌のある表情に安堵を覚えた。その感傷も、薄汚れた高架線沿いを歩き出すと、頭上から叩きつけるように響いてきたけたたましい車輪の音とともに失せて行った。

章五　ごろごろ

佐久間と再会したのは、横浜を去ってから、八年後の春先のことだった。

私は横浜を出て半年後、知人の紹介で小樽《おたる》にある漁業会社に入社した。社員といっても員数合わせのようなもので、非常勤の在庫管理のような仕事をした。一年後、そこで知り合った旭川《あさひかわ》出身の藤幡《ふじはた》という男に誘われ、漁業会社があらたにはじめる畜産事業の相方になって、千歳で暮らした。事業とは名ばかりで、藤幡は若い時代から畜産の仲買をしていた男で、北海道のあちこちの牧場主と直接取引きをしていた。それを斜陽になりはじめた漁業会社が畜産事業をはじめて丸ごと面倒を見ただけのことだった。各牧場から集めた牛、豚、羊の肉を千歳のちいさな工場で捌き、スーパーや小売店へ流す仕事で、ルートはすでに藤幡がレールを敷いており、私は三人の女子事務員が居る事務所に出て、半日、机に座り、夕刻まで過ごせば済むだけだった。千歳に私は六年余り居付いた。せいぜい一年居ればいいと思っていた。南の土地で育った私には北海道の冬の寒さは、正直辛《つら》かった。一年で東京に戻ろうと思っていた目算が狂ったのは、事務員の女のひとりと同居するようになり、数ヵ月と経たない内に女が厄介な病気を患い入院してしまったからだった。女には身寄りがなく後腐れがなさそうな性格だったことが同居をする折の理由であったが、そのことが寝込まれてから災いした。

藤幡は女と私の関係を知っており、その女は元々彼が網走《あばしり》で採用した社員なので、私に女のことを頼んで来た。女の容体は良くならないかわりに、おそろしく遅鈍に病巣をひろげていた。

女はトヨエという名前だった。

見ていて女の不器用さがすぐにわかった。他の二人の事務員が札幌《さっぽろ》出身で要領も良かったので、女の愚鈍さが余計に目についた。女はその愚鈍さを自覚し受け入れているようなところがあった。諦観に似た女の生き方が、最初、私には卑しく映った。

女は、身寄りもなく網走にいた自分を千歳まで連れて来てくれた藤幡を心底信頼していた。藤幡の話を聞く時の女の返答の仕方や藤幡の電話を受けている時の女の目はいじらしいほど健気《けなげ》に見えた。仕事も遊びも精力的だった藤幡と女ができているのだろうと私は思っていた。それは思い過ごしだった。

藤幡の話では、女の父親は漁師で北洋での海難事故で兄二人とともに亡くなり、母親は中学生の女を置いて失踪したという。女が中学を卒業する時、藤幡は旭川の畜産工場の女子工員の募集で女に逢った。以来、藤幡の仕事をして来て、すでに三十歳を越えていた。女を見ているうちに、藤幡が女を放って置けなかった理由がわかる気がした。女には同年齢の女たちが持つ精気がなかった。藤幡が女を放り出すと、どこででも女は朽ちて消滅してしまいそうな危うさがあった。

当時、藤幡は北海道のあちこちの牧場へ巡り歩いていたので、仕事の電話も夜遅く入ることがあった。他の事務員が引き上げた後でも女は藤幡からの最後の電話を待っていた。私も時折、藤幡と話さねばならない用件があり、二人して事務所に残ることがあった。

或る夜、私は女と二人で藤幡の連絡を待っていた。電話は十二時近くに入り、私はタクシーを呼んで女を送るつもりで会社を出た。私も女も食事をしていなかったのに気付き、私は女を居酒屋に連れて行った。二人して少し酒を飲んだ。女は酒に慣れていなかった。アパートまで送ることになり、嘔吐する女を介抱しているうちに関係ができてしまった。

身体が丈夫だと思っていた女が結核を患っているとわかった。

最初の入院は一ヵ月で済んだが、その後から入退院をくり返すようになった。病院へは女が独りで支度をして行っていたから私の手を煩わすことはなかった。

それでも女は己の置かれた立場の不安からか、私に時々は病院に顔を出して欲しいと言った。私はそれまで数人の女と暮らしたことはあったが、どの女とも上手く折り合いを付けられなかった。女は私の生き方について行けないと離れて行った。トヨエ以外の女からは寄り添われるということがなかったせいか、私の愚図な性格のせいか、私たちの奇妙な暮しは三年、五年と過ぎて行った。女は少しずつ己の病いに慣れて行き、死を迎えることが平気な様子を見せていた。私もどこかで女の死を待ち望んでいたのかもしれなかった。二人とも病気の進行を口にせず、通り過ぎて行く時間を見つめていた。時折、女は私との交情を望み、それが女の病気に悪いことはわかっていても、私は女の望むとおりにした。退院した日のアパートで、病室で鍵を掛けて、そうすることもあった。ただ藤幡だけは女が恢復《かいふく》するためにできる限りのことをしていた。その藤幡の健気さも、私を千歳に留まらせていた。

いよいよ女の容体がおかしくなった秋の一日、私は女をサナトリウムから連れ出し、山中の温泉へ行った。それは女の希望だった。女は温泉にも入らず、部屋の窓辺に身を凭《も》たせかけて、短い北国の紅葉を眺めていた。

「人は死んだ後で何かに生まれ変わるのかしら？」

窓の外を見たまま唐突に訊いた。

「俺にはわからない」

私の無愛想な返答に女はクスッ、と笑い、また沈黙した。

山鳥の声が聞こえていた。陽が落ちると山の冷気が開け放った窓から吹き寄せて来て、窓辺に佇んだ女の髪を揺らした。庭から差す灯りに浮き上った横顔が痩せほそり、青白く光っていた。その時、私は女を初めて美しいと思った。それは死を迎える直前の女に対して、私が勝手に抱いた感傷に思えた。残酷な美眺だった。

「あなたはどんなふうに死ぬのかしら？」

女は私の方を振りむいた。

「いいから窓を閉めろ」

「ねぇ、どんなふうにあなたは死ぬの？」

私は立ち上り、窓辺に寄り、ガラス戸に手を掛けた。女は執拗に同じ言葉を口にし、私の足に縋った。私は女を払いのけた。

「しつこいぞ。俺はどうせどこかでくたばるんだろうよ。それがどうしたって言うんだ」

私が怒鳴ると、女は私を睨み付けて言った。

「それなら私もそんなふうにして下さい。私が生きていたことがかけらも残らないようにして下さい。約束して……」

それが唯一、女の見せた意志のようなものだった。

その年の十二月、女は病室で初雪を、灰が降って来た、灰が降って来たと怯えたようにくり返し言って死んだ。

会社の方は順調に業績を伸ばし、女の容体がおかしくなりはじめた年の春先から、新しい工場の建設工事に入っていた。五月に漁業水域の二〇〇カイリ法が成立し、本体の漁業の先行が危ぶまれた親会社が畜産事業へ本腰を入れはじめ、出向社員が入って来た。

女の死を機に、私は会社を退めた。藤幡は新工場のために道内から集めた工場で働く若い娘たちの寮長でものんびりやってくれないかと薦めたが、そんな仕事が性に合うはずもなし、女の骨を市の共同墓所に納めて、東京へ戻った。

四谷の安アパートに転がり込んで、ぶらぶらとしていた休日の夕暮れ、競馬好きの主人が経営している撞球場のソファーで横になっていたら、いきなり頭の上で声がした。

佐久間が笑って立っていた。

「やっぱりな。俺の勘は図星だったぜ。あの狐目から、岩倉って名前を耳にした時、俺は十中八、九、ガンさん、あんたのことだと思ったぜ。俺はずっとあんたを探してたんだぜ。それが荒木町《あらきちょう》と須賀町《すがちょう》じゃ、目と鼻の先じゃねぇか。燈台下暗しとはよく言ったもんだぜ」

私は起き上って、佐久間の顔をまじまじと見た。以前より、肉が付いて貫禄《かんろく》が出ていたが、興奮して喋る時の独特の言葉の抑揚と、目を細めて相手を見据える表情は同じだった。

「どうだ、驚いたか？　しかし驚いているのはこっちの方だ。俺にゃガンさんが幽霊に思えるぜ」

白いジャンパーに集金袋のようなちいさな革鞄を小脇にかかえた佐久間は、鉄火場の強力《ごうりき》が張り手を誘うように両手のひらを返して突き出していた。佐久間が上機嫌の時にする仕種だった。

「ひさしぶりだな」

私が言うと、

「ひさしぶりもひさしぶり、七年と六ヵ月だぜ。ガンさんは覚えちゃいまいが、本牧のあの飯屋で俺たちが初めて口をきいたのも、今日と同じ旗日だ。あの時は勤労感謝の日って奴だ。今日が天皇さんの誕生日だ。どうだい、今日の競馬は取り込めたかい？　狐目が、ガンさんのコーチでえらく儲《もう》かったって自慢してたぜ」

狐目とは撞球場の主人のことを言っているのだが、私も主人の顔が、なるほど狐に似ていたのかと感心し、親しくなると相手に仇名《あだな》を付ける佐久間を相変らずだと思った。

扉が大きな音を立てて開いた。人影は、差し込む西陽を背負っていて、誰なのかわからなかった。

「ユキオ、やっぱり図星だったぜ。俺の勘はたいしたものだろうが。案の定、ガンさんはこんなところに隠れていやがったぜ」

店の床板を鳴らしながら走って来たのは、東だった。髪を茶色に染めて、あの頃より長髪にしているが、相手の顔を覗き込む時に長い睫毛を少女のようにしばたたかせる癖はそのままだった。

「いやあ、サクジさんはたいしたものだ。俺、まさかと思ったけど、ガンさんがここに居るとは思わなかった。俺たちは荒木町で店をやってるんだよ。ここのオヤジも常連なのに、どうしてわからなかったんだろう」

「だから、ガンさんが四谷に来たのは二ヵ月前だって言ったじゃないか」

佐久間は言って、東の茶髪の頭を音がするほど叩《はた》いた。東は嬉しそうに頭を掻きながら、私の顔を見返し、二度、三度と頷いていた。

「ともかくひさしぶりだ。今夜は再会の祝いだ」

撞球場の主人が戻って来ると、佐久間は主人を麻雀に誘った。

東を入れて、四人の麻雀に佐久間は興奮していた。店の支度がある東が途中で抜け、佐久間の顔見知りが入り、撞球場の主人も店の常連と交代し、夜の十二時過ぎまで打った。

小樽、千歳にいた時も、雀荘へ遊びに行くことはあったが、女が寝込んでからは麻雀を打つ機会がなかった。

ひさしぶりに持つ牌の感触が懐かしかった。北海道で打った時には、こんな感情は起こらなかった。

半荘の区切りがつく度に、佐久間は私の方へ顔を近付け囁《ささや》くように言った。

「あの頃は楽しかったな、ガンさん。あんたと打つのが、俺は楽しみでしょうがなかったものな。トミヤスもキサンも馬鹿な奴等だぜ。生きていりゃ、こうしてまた遊べたものをな……」

　トミヤスとキサンの名前を耳にして、忘れていた本牧の時間がよみがえって来た。

「キサンの突っ張り方は悪くはなかったな。奴の手役は牌を晒したように読めたが、それでも突っ張って来る打ち方は、あれでなかなかだったと思わないか。この頃はあんな打ち手がいなくなっちまったものな」

　片目をつぶって、私に話し掛ける佐久間を見ていて、私の方も北海道に居付いていた七年がどこか嘘事のように思えた。

　私が佐久間の打ち出した牌で手牌を倒すと、

「ガンさん、相変らずだな」

　と佐久間が私の牌を見て笑った。

　麻雀を終えるきっかけは、撞球場の主人の替りに入った、もう一人の男が、東と交代して打っていた男のリーチにたわいない牌を放銃したあたりであった。佐久間は舌打ちして、相手の男の顔を睨んだ。相手は佐久間のそんな表情を知っていて、素知らぬ顔で点棒を放っていた。

荒木町にある佐久間が東にやらせているという店は、旧遊廓の通りの中程の二階にあった。

小綺麗な店で、奥へ細長く続いた壁には東の趣味なのか、モーターバイクが砂漠や湖の岸を疾走しているパネルが飾ってあり、奥のふたつのボックス席の脇にちいさなステージが設けてあった。

奥のボックスに一組とカウンターに数人の客がいた。客は皆若かった。店は繁《はん》昌《じょう》しているようだった。佐久間が店に入ると、カウンターにいた客が挨拶した。

佐久間は例のごとく、彼等の仇名を呼んで声を掛けていた。

佐久間は私をカウンターの席に案内し、奥のボックスに行き、客と話し込んでいた。

東は私のグラスにビールを注ぎながら奥の方にちらりと目をやり、小声で、仕事の打ち合わせさ、と言ってから、さらに声を潜めて、あいつらがまたサクジさんに幽霊を運んで来てるんだ、と言い、大仰に瞼を閉じて頷いた。

佐久間は奥の客たちと一緒に立ち上って、彼等を出口まで見送った。戻って来た佐久間は私の肩に触れて、奥でゆっくりやろうぜと言った。私が店の入口の脇にあるトイレに入ってから出て来ると、若者がひとりステージに上って、照明のライトを直していた。ライトがボックス席に背を丸めて前かがみになっている佐久間の顔を照らし出していた。その照明のせいか、細長い店の奥にいる佐久間が透視法の絵画の中心に描かれている人物のように映った。ぼんやり絵画に似た光景を見つめながら歩いて行くと、佐久間の姿が、あの蔵の薄闇の中で無数の絵札に囲まれている少年の姿と重なった。私は思いがけぬものと再会し、立ち止まって首を振った。

「どうしたい、ガンさん？　もう酔っちまったのかい」

私は笑って佐久間の前に座った。目の前に少し貫禄がついた佐久間が私を見ていた。

その夜から、週に一、二度、私は佐久間と東の三人に、雀荘の常連を加えて、麻雀を打った。麻雀が終ると、先に引き揚げていた東の待つ荒木町の店へ行き酒を飲んだ。佐久間と東は時折、諍《いさか》うような素振りを見せた。二人の様子を見ていて、木地の替りを東がしているように思えた。佐久間は以前とどこかが違っていた。

「ガンさん、二人で何か仕事をやらないか。段取りはすべて俺がつけて来る。俺はガンさんとならまっとうな仕事がやれそうな気がするんだ」

佐久間が二人きりで出かけた新宿のT寿司のカウンターで神妙な顔で話した。

「いまさら何の話だ。まっとうな仕事がしたいなんて」

私がひやかすと、目をしばたたかせた佐久間の顔に一瞬戸惑いの表情が浮かんだが、すぐに私の肩を勢い良く叩いて、佐久間は大声で言った。

「やはり、そうだよな。ガンさんがそう言ってくれると、俺は今以上に押し出せるってもんだ」

佐久間も私同様に足掻《あが》いている気がした。私は東京に戻ってから、自分のやり方を変えなくてはならないと感じていた。他人との折り合いが上手くつけられないのなら、独りで生きて行く術を探さねばならない。何をしていても漠然と湧いて出る不安から目をそむけ、平気で歩いて行く術を身につけなくてはいけないと思った。そうでなければ木地や富永と同じ道を辿るのは目に見えているし、千歳の女に怒鳴ったように、どこかでくたばるしかなかった。

佐久間と何か仕事をすることに魅《ひ》かれるものはあったが、ともに歩き出せば二人の末路には悲惨なことが待ち受けている気がした。そのことが口に出せないから、私は彼を茶化しながら、曖昧に佐久間の誘いを断わったのだろう。

私は田舎の友人の誘いで、関西にあるプラスチック会社の男に逢いに行く手はずを取っていた。面接へ行く前に、先方から私を迎えてくれると連絡があった。

その年の梅雨の最中《さなか》、私は出発の前に、関西へ行くことを佐久間に告げようと、荒木町の店へ行ったが、店には臨時休業の紙が貼ってあった。

大阪の堂島《どうじま》にある会社はプラスチックの原材料を扱う老舗の問屋で、三十名余りの社員がいた。

私はその会社に専務の布居《ぬのい》の紹介で入った。

三十名余りの会社とはいえ、組織の中でやって行く自信がなかった私が何とか二年近く勤め続けられたのは布居のお蔭だった。布居は木曽《きそ》の山奥の村から大阪に出て、先代の社長に目をかけられ出世した男だった。生真面目な男で、何かと私の面倒を見てくれた。十三《じゅうそう》の借家も布居が世話をしてくれた。一度、十三の駅前で布居の家族とすれ違ったことがあり、布居は妻と二人の娘と連れだっての食事の帰りで、大人しそうな妻から挨拶された。

私は懸命に共生することに慣れようとした。仮面を被っているような息苦しさに何度も襲われたが、私はその息苦しさに己の中にある厄介なものを閉塞させるようにした。これが社会の中の一員となる術なのだ、と自分に言い聞かせて日々を送った。

そんな日々が破綻しはじめたのは、私を応援してくれていた布居の行動からだった。

布居は、新しい商いを好む二代目の社長と経営のやり方で度々衝突していた。算用に秀でた布居の目からは新しい商いに安易に目をむける二代目は未熟にしか映らないようだった。

その布居が名古屋にある玩具会社の開発した幼児教育用のアイデア商品の製造販売に出資する企画を出した。それが若社長からの提案ではなく、堅実な布居の口から出たので、古株の社員も驚いた。二代目はすぐに賛成し、堂島のビルを抵当に銀行から金を借り入れた。

大手の教育出版社が売り出す幼児教育用のテキストとセット販売になるという、その商品について、私は布居から相談を受けたことがあった。私はわからないと答えた。布居は私の返事に不満そうだった。

――領域を越えることは、想像外の危険《リスク》をかかえこむことだ。

と言いたかったが、そのリスクが商いの利を想像以上に生むのかもしれなかったし、算用の立つ布居の方が確かであろうと思った。

ただひとつ私には不安があった。その新しい企画がはじまった頃、私は布居の違う顔を見せられた。取引先との宴席でも、年末の会社の大店卸しの後の宴でも、舐めるほどしか酒を口にしない布居が、実際は酒を嗜《たしな》むのを目にした。しかも相当な酒量だった。

「岩倉さん、今夜少しつき合ってくれませんか？」

玩具会社と教育出版社との提携の契約が決まった日の夜のことだった。布居の本意とは違って商品の買取りを契約事項に盛り込むことはできなかった。

布居は私を尼崎《あまがさき》まで連れて行き、一軒の小料理屋へ入った。布居が顔を見せると、カウンターの中の女将が、さも馴染みそうに布居の名前を口にした。

布居は酒と肴を注文し、驚くほど早いピッチで酒を飲みはじめた。店に入る前に、私は布居から自分の素性を言わないでくれと釘《くぎ》を刺されていた。私たちの顔を見た途端、出張はどないでした？　と女将が布居に話しかけていた。小一時間で布居は泥酔に近い状態になった。よほど今回の仕事のことが気がかりなのか、独り言のように玩具の算用を口にしていた。私は黙って、布居の話を聞いていた。話はやがて、二代目の経営者の話題になり、このままでは会社は先行きが心配だと愚痴を言い出した。

「岩倉さん、あんた、あの社長をどう思うてますか？」

「どうと言われても、まだ若い人だし……。人柄は鷹揚《おうよう》でいいようには見えますが」

私が二代目の印象を口にすると、

「あんた、二年も勤めてて人を見る目がありまへんな。あれは悪党でっせ。岩倉さん、甘いわ」

と口元を歪めて嘲笑《あざわら》うように言った。

私は布居の意外な表情を見た気がした。そろそろ引き揚げ時だと思った。

「ありゃ、悪党の子でっせ。悪党の血が流れとるんですわ」

そう言ってから布居は私に顔を寄せて、

「あいつは不義の子や。先代のお子と違いまっせ」

と吐き捨てるように言った。

私は布居がふたつの顔を持っていたことも不愉快だったし、不義という言い方にも腹が立った。

黙って先に引き揚げればよかったが、私は布居を見返して、

「不義だろうが、不貞だろうが、親がやったことだろう。親も、血も関係はない。

他人の足で歩いてる悪党はいないよ」

と冷たく言った。

布居は私の顔をちらりと見て、鼻を鳴らした。

翌朝、出社すると会社の裏手に呼ばれて、昨夜の件を内密にしておいてくれと、布居から念を押された。その顔を見て、布居は昨夜のことを始めから終りまで、ちゃんと憶えているのが可笑しかった。私は笑って、頷いた。

半年後、布居の企画は失敗した。商品は目算を外れ、まったく売れなかった。玩具会社が倒産した。玩具会社の負債まで背負わされ会社までが危なくなり、社長は退陣し、会社は東京の大手商社に吸収された。吸収が決定した夜、布居は倉庫の便所で首を吊《つ》って死んだ。

布居の通夜へ行き、顔に斑点が浮かんだ死顔を見た時、尼崎の店で、私はいらぬことを口にしたと思った。布居は布居の領域でしか、ものを見ることができなかったのだろうし、領域の外を見る必要もなかったのだ。領域の中で生を終結できれば、それで充分だし、見なければ済むものを見ても仕方がない。中途半端に、理解したり、享受することの方が危険なはずだ。人の運も才量も、その器の範疇《はんちゅう》で独楽《こま》のように回っている方がいい。器を飛び出した独楽は十中八九回転を止め、そこで終結をむかえる。

屋号も変わって、商社からの出向社員が入ると、会社は半年もしない内に半数・の社員が退めて行った。商社から出向して来た社員は態度も横柄であったが、それ以上に彼等は自分たちが、この職場に追いやられたのは旧社員の能力がないせいだと思い込んでいた。諍いが起こる度に旧社員が退社して行った。私は親会社から来た社長から東京へ転勤するように命ぜられた。素人の私がなぜすぐに馘首《かくしゅ》されなかったかはわからなかったが、残務整理を含めた仕事には、あの会社の色に染まっていない立場が都合良く見えたのかもしれない。それから一年半、私はその会社にいた。

そんな時期に、私は佐久間と赤坂《あかさか》の雑踏で出逢った。


二月下旬の赤坂の雑踏の中だった。

地下鉄の駅の階段を上り、日枝《ひえ》神社の方角へむかおうと横断歩道を渡っていた時、すれ違いざまに、背後から声がした。

「ガンさんじゃ、ないのか？」

声に振りむくと、黒いコートの、ボタンを襟元までかけた眼鏡の男がポケットに手を突っ込んだまま、こちらを見ていた。私は相手がすぐに佐久間だとわからなかった。相手の正体をたしかめるように見ていた私にむかって、佐久間は例の両手を開いたポーズで、

「俺だ、俺だよ。佐久間だよ」

と笑いながら言った。

佐久間は赤坂見附《あかさかみつけ》の方に歩みかけていた足を変え、ホテルの前で大袈裟に私の二の腕を叩いた。

「戻って来たのかい、東京へ。何も言わずに出て行きやがって……」

そこまで言って、風邪でも引いているのか、佐久間は激しく咳込んだ。

佐久間はひどく痩せていた。それでも口から出て来る言葉は相変らず威勢が良かった。私の行き先を聞き、日枝神社の側のホテルだと言うと、並んで歩きはじめた。十日程前に火災に遭った古いホテルの前にさしかかると、まだ焼け跡特有の匂いがたちこめていた。佐久間はそこで立ち止まり、ここで俺の仲間が死んだのよ、まったくこっちのツキまで灰にされるところだったぜ、と吐き捨てるように言った。捨て鉢な佐久間の口調に、彼が今置かれている立場の厄介さが伝わった。そんなふうに愚痴を言う佐久間を見たのは初めてだった。よほどの不都合に

遭遇しているのだろうと思った。

ホテルにむかう坂道を登りながら、

「ガンさんと遊んでいた頃が、一番良かった気がするぜ。この頃の奴等は分ってものを知らねえ。そう思わないか……」

と言って、急に立ち止まり、

「ガンさん、この神社は御利益《ごりやく》はあるのかい？」

と階段の下から見える鳥居を見上げた。

「さあ、どうだかな……」

私が言うと、佐久間はコートの内ポケットから名刺入れを出し、私に名刺を渡し、そっちの連絡先も教えてくれと言った。私は椎名町《しいなまち》にある会社の名刺を渡した。佐久間は私の名刺を見もしないで、俺はお参りをして来るぜと、手刀を切って石段を登って行った。

佐久間から椎名町の会社に電話が入ったのは、その年の梅雨が明けたばかりの七月の中旬だった。

冬の雑踏の中で逢った時と違って、佐久間の声は甲高く、陽気だった。

「ガンさん、俺はあんたに言い忘れていたことがあった。四谷で逢った時もそうだし、赤坂も同じだ。少し間を置いてから、それに気付くんだが、ほれっ、四谷の時もあんたを探していたと話したろう……」

佐久間は電話では用件が話せないと言って、その日の夕刻、池袋へやって来た。

佐久間の用件は、十三年前に、二人して富永の骨を持って津和野へ行った折、富永の家に仕えていた老人から預ったものを、私に渡したかったということだった。

　それは金であった。佐久間はその金を使ってしまったことを話し、替りに私を温泉へ連れて行きたいと言い出した。

「そんな昔のことはもういい」

　私が言うと、佐久間は怒り出し、喫茶店の客が驚いて私たちを見ていることもかまわず、大声で、何が何でも私を温泉へ連れて行くからときかなかった。

「おい、いい加減にしろ。俺はおまえにそんな声で話される覚えはない」

興奮していた佐久間は、我に返ったように周囲を見回し、大きな吐息をついて私を睨み返した。私には佐久間の様子が異様に映った。

　私は東京の会社の人間と悶着《もんちやく》を起こして、そこを引き揚げようと思っていた時期だった。私もどこか投げ遣《や》りな暮しになっていたから、佐久間の態度に逆上したのかもしれなかった。

その夏、私は佐久間と北の街で落ち合う約束をして旅へ出た。

電車が青森に着いた時刻は夕暮れで、〝ねぶた祭り〟に参加する衆か、派手な浴衣の装束の男女と祭り見物の客で駅舎の中はごった返していた。

初めて訪れる北の地に静寂のようなものを想像していた私にとって、駅から市中までの喧騒《けんそう》は意外な光景だった。

「ずいぶんと賑《にぎ》わってるんだな……」

私が言うと、タクシーの運転手は、

「年に一度だけだべし、お客さんは青森は初めてだか……」

とルームミラー越しに、私の顔を覗き込んだ。少し斜視気味の運転手の目が妙な愛嬌を感じさせた。この先は交通規制があるから遠回りになるが裏道を行きたいがと言い、私が頷くと大通りを乱暴に左折した。

私は身体をドアの方に傾けながら、二十歳の頃、津軽《つがる》出身の青年に知己を得ていたことがあり、朴訥《ぼくとつ》な青年の性格が北の人間の特徴と思ってつき合っていたが、些細なことで彼と諍い、その折の相手の思わぬ粗暴さに驚いたことを思い出した。

——死ぬまでやめないっすから……。

と甲から白い骨を剝き出した血だらけの手でブロックの塊りを握って立っていた青年の目と呟きが脳裏をかすめた。

車は水路沿いの柳並木が連なる道を走り抜け、狭い路地から大通りの祭り灯りが見える道にいったん出て、古い寺の角を右に折れ宿の玄関先で停車した。

玄関先には祭りへ繰り出す衆であろう、白生地に緋色、朱色のあでやかな色彩を染め抜いた装束の男女が屯ろしていた。男衆はすでに酒が入っているのだろう、声高に話し、女衆は勢い良く笑い合っていた。彼等の脇を抜け、玄関にむかって歩いて行くと、恰幅のいい女将がこちらを見て、張りのある声で私の名前を口にした。私が頷くと、佐久間は今夜、都合が悪くなり明日か明後日《あさって》に連絡が来ると言った。

私の鞄を片手で軽々と持ち、女将は先に歩き出した。建て増しを続けたような宿の廊下を右へ左へと折れながら、彼女はさも可笑しそうに佐久間の話題を口にしていた。女にしては偉丈夫に映るうしろ姿が歩くたびに大きな鞠《まり》のように揺れた。

「この宿に来るお客の中でも、あの人は一、二を争う変わり者だべっし、一度、芸者を十人も連れて南部《なんぶ》の方へ行った時も面白かったたす……」

通された部屋はどん突きの二階の角部屋で、女将は窓を開けて、すでに日の暮れた空を指さし、その方角から八甲田山《はっこうださん》が見えると、芝居の見得《みえ》を切るように言った。女の姿を見ていて、私は子供の頃に生家の近くにやって来た女剣劇士のことを思い出した。女将の男勝りの体軀と五月人形のようにふくよかな頰と白い肌が、役者おしろいのドーランを塗っているふうに見えた。着ている絽《ろ》の地の黒も、剣劇士の衣裳《いしょう》に似ている気がした。たしかその夜は、母と二人で芝居見物に出かけ、病弱だった母の気分が悪くなり、芝居を途中で抜け出し、咳込む母に手を引かれながら夜道を歩いて家に戻った。

「お客さん、それで夕食はどうなさる？」

声に、私が顔を上げると、女将は私を覗き込むように目の前にいた。

「ほんに、佐久間さんの話はまことだべし。変わり者の佐久間さんが変わり者と言いなさったとおりだ」

「何のことだ？」

私が言うと、女将は身体を揺すって笑い、

「夕食は、ここの亭主の甲斐性がなくて、こんなふうに部屋までが時間がかかる建物になってるから、汁も飯も運ぶまでに冷めてしまうので食堂へ来た方がいいのだけどと話したところだ。聞いてなかったのか」

と切れ長の目を大きくしばたたかせた。

「飯はいらん」

「なして？　飯を食べなばいかんよ」

「疲れているんで、少し休みたい」

「なら、佐久間さんの知り合いがやっている小料理屋があるから、起きられたら、そこで食事をなさるといい」

「そうさせて貰おう」

「風呂は用意できとりますから、どうぞ……」

気兼ねをさせない女将であった。佐久間がこの宿を私にすすめた理由がわかる気がした。

一、二時間眠るつもりが、疲れていたのか、時刻を見ると夜の十時を過ぎていた。

目覚めてからも、夢の余韻が耳の底に残っていて、地鳴りに似た音が遠く聞こえていた。煙草に火を点けて一服呑むと、ひんやりとした風が吐き出した煙りを背後に送った。窓がわずかに開いていた。寝る前には閉じていたから、休んでいる間に宿の者が入って来て、風を通してくれたのかもしれない。その気配に気付かなかったのだから、よほど熟睡していたのだろう。

「おやっ、やっと目覚められましたか？　〝ねぶた〟に来て、ねぶたの間中休んでる人も珍しいね。やっぱり佐久間さんの友人だわね」

女将は言って、部屋の窓を開け、隅に置いた蚊取り線香の火を繋いでいた。かがみ込んだ山形の女将の背のむこうに、夏の月が人の肌の色のようにかがやいているのが見えた。別に北の地の月であるからではないが、月光は不気味なほど光沢があるように映った。

女将から渡された地図をたよりに、私は佐久間の知り合いがやっている店へむかった。

タクシーは暗い角地で停車し、運転手が数十メートル先の店灯りを指差し、あの店だがここからは一方通行で大回りになるからと、車を降ろされた。私は店灯りにむかって空地になった原っぱを横切りはじめた。

夏草の匂いが鼻を突いた。子供の頃、これと同じ匂いのする風の中を歩いたことがある。おそらく店灯りのむこうは海になっているのだろう。夜の海の香りと夏草の匂いが合わさって、粘り気のある夜風が独特の臭いを漂わせる。それは私の生まれ育った海沿いの町の夏の夜に、どこでも嗅ぐことができた臭いだった。見知らぬ土地で思いがけないものに遭遇した気がした。立ち止まって周囲を見回すと、ざわざわと背高泡立草が風に揺れているのが目に入って来た。いくらか葉色の褪せた草の色具合いまでが見える。闇の中で、この草っ原だけが明るかった。振りむくと中天に宿の窓から見えた月が皓々と照りかがやいていた。

店の脇から表へ出ると、予期していたとおり、入り江がひろがっていた。水平線は百メートル余り先にくの字に繋った堤防で見えなかった。左手の桟橋に数十隻の船が繋留され、入り江の中にまで寄せる波に静かに揺れていた。見ると店前の右手に一艘のちいさな箱舟のような小舟が浮かび、その船体に当たる波が、ポチャリポチャリと波音を立てていた。

店へ入ろうとすると軒のすぐ上に月が見えた。何やら月が忍び足で、私が店の脇を通り抜ける間に回り込んで来たのではないかと思った。

主人は無口な男であった。

店にはもうひとり先客がいたが、私がカウンターの席に座ると、主人は裏手から表に行き暖簾を仕舞った。そうして静かな口調で、私が訪ねるのを宿の女将から連絡を受けていることと、生憎《あいにく》、祭りで出せる料理は少ないが、酒の肴になるようなものをこしらえるので、ゆっくりしてくれと言った。

そう言ったきり、主人は黙って料理をこしらえていた。先客も黙って独酌していた。酒も、肴も美味だった。庖丁《ほうちょう》の音や何かを煮焚きする調理の音の中に、時折、海風が聞こえて来て、私は久々に落着いた場所に自分が居ることの安堵が、酒の酔いとともにひろがった。

先客が立ち上って、店を出た。

加減のいいところで料理を止めて貰い、私は、あと少し飲んでいてもかまわないかと聞いた。主人は、自分はまだ片付けがあるので大丈夫だと答え、小皿に珍味のようなものを出して奥へ消えた。

主人の気配が失せて、私はぼんやりと、これからさき己がどこへ行くのだろうかと考えた。どうせなるようにしかならないだろうし、どこへ行ってもさほど差はないだろう。

その時、表の方から船の汽笛が聞こえた。汽笛の音は二度聞こえてから、最後に余韻を残すように長く響いた。汽笛の音色からかなり大きな船だとわかった。私は夜の海に浮かぶ船を思い浮かべた。客船か貨物船かはわからないが、どんな人間が、その船に乗っているのだろうか。デッキに立ち、夜の海を眺めている男のうしろ姿があらわれた。やがて船本体が失せ、その影が闇の海を滑べっている奇妙な光景が浮かんで来た。その影は自分のようでもあるし、自分と同じ種類の、定住できない者であるようにも思えた。カウンターに座っている自分と闇の海の上を流れている影との間にはたたずまいの違いこそあれ、していることには何らの差異はないのだろう。距離も時間も無関係に、何事かを考えるでも、何かをなすでもなく、ただ流れているだけである。ただ厄介なのは、無為であるように見えても、生がある限り、抗ったり、喘いでしまう。領域というものを喪失し、彷徨《ほうこう》の中に身を置くことしかできない者たちだけが、何度となくくり返して来たことなのだろう。

声がして、目の前を見ると、主人が立っていた。いつの間にか着換えをし、私を見ていた。知らぬうちにうとうとしていた。時計を見ると、夜中の一時になっていた。

「そろそろ仕舞います」

主人は言って、カウンターの上に名刺を置き、

「程塚《ほどつか》と申します。佐久間さんにはお世話になっています」

と丁寧に頭を下げた。

「岩倉です。いや、こんな時間まで迷惑をかけて済まなかった。勘定をしてくれ」

私が言うと、程塚は首を横に振り、佐久間から頂戴しているからと言った。

「俺は佐久間と、そんな関係じゃない。佐久間から連絡があったら、俺が礼を言っていたと伝えてくれ」

私は金をカウンターの上に置いて立ち上った。

店を出ると、程塚が表へ送りに来た。

「明日も店はやっているのか」

「宵の口は少しざわつきますが、九時を過ぎましたら……」

とまた丁寧に頭を下げた。

歩きはじめると、強くなっていた海風が足元を攫うように吹きつけて来た。しばらく歩くと堤防が切れ、沖合いに漁火だろうか、生きもののような光の粒が揺

らめいていた。その火を見つめていると、ここが海峡で、対岸には北海道があることに気付いた。陸があろうあたりに目を凝らしたが、漁火の強さに闇が色濃くひろがっているだけだった。千歳の病院で、痩せこけて死んで行った女の顔があらわれた。私は海から目を離して歩き出した。

翌夜、私は、その店へ九時を過ぎた時刻に出かけた。

宿での遅い朝食の折に私が昨夜一時過ぎまで店にいたことを話すと、宿の女将は、あの店は早仕舞いの店だから、よほどお客さんを気に入ったのだろう、と言った。

佐久間から連絡はなかった。明日にでも、ここを引き揚げようと思った。

その店の屋号は〝菊〟と暖簾に染め抜かれていた。昨夜渡された名刺に、程塚菊雄《きくお》とあったのを思い出した。

客は誰もいなかった。

私は昨夜のことを詫び、小一時間程飲ませてくれと言って、程塚の前に座った。

程塚は少し酒が入っているのか、顔が紅潮していた。昨夜と同様、暖簾を仕舞い込んだ。

「あんたも飲むようなら、馳走したいからやってくれ」

私が言うと、程塚は頷いて、明日は休みなので、そうさせて貰うと、酒肴を何品か出してカウンターに出て来た。

酒を酌み交わしていると、程塚が話しかけて来た。

佐久間とは、五年前に競輪場で出逢い、つき合いがはじまり、北関東の競輪場へ何度か旅打ちへ行ったことや、四谷・荒木町にある店へ遊びに行ったことを、懐かし気に話していた。

「佐久間さんから、あなたの話を何度か聞いたことがあります」

「そうかい。俺たちはたいした仲じゃないんだがな……」

「いや、佐久間さんは、そう話してはいらっしゃいませんでした」

そう言って程塚は立ち上ると、厨房《ちゆうぼう》の奥からボトルの表面が氷付いた酒瓶を持って来て、それをやりながらぽつぽつと話をはじめた。途切れ途切れになる話の合い間に、程塚はゆっくりと酒に手を伸ばした。短い沈黙の間に、戸外《おもて》を吹き抜ける海峡の風が耳に届いた。赤児が泣いているような風音で、程塚と二人で居る、ちいさな空間が、氷山の上に乗ってどこか得体の知れない場所を流れている錯覚がした。

「昨夜、岩倉さんを見た時、佐久間さんが何かにつけ、あなたの話をする理由がわかる気がしたんです。いや、変なふうに聞こえたら勘弁して下さい。岩倉さん、競輪選手のKのことは知ってますか？」

「いや。俺は佐久間ほど競輪はやらないんでね……」

「そうですか。その選手をいっとき佐久間さんは追い駆けてたんですよ。いい先行をする選手でね、時々、大駆けをしましてね。私たち何度か、その選手と同じ電車に乗り合わせましてね。偶然に思えたんですが、どうも佐久間さんは時間を見計って同じ電車に乗っていた気がします。弥彦の駅で彼がぽつんと一人で立っていたのを二人して見ていたことがあります。Kはいつも独りでいるんです。連るまない類いの選手なんでしょうね。それも佐久間さんは気に入ってたんでしょう。その選手の印象が、岩倉さんにどこか似てるんですよ」

　私は程塚の顔を見た。程塚は私を見返した。

「すみません、変なことを言って……。でも佐久間さんはあんなふうな生き方だし、たしかに怖いところがある人だけど、あの人が探り当てるものには妙なぬくもりみたいなものがある気がするんです。あの人はそれ以外のものは見向きもしませんものね。人だって物だって石ころみたいに扱いますもんね……。金以外は……」

そう言って程塚は笑った。

私は程塚のグラスに酒を注いだ。程塚は丁寧に頭を下げて、グラスの酒を一気に飲み干し、大きく息を吐いた。

「佐久間さんは自分のことを、俺は冷酷だって言うでしょう。けどあの人は人を心底信じてるんじゃないかって気がします。岩倉さん、寺泊に佐久間さんと行かれたことがあるでしょう」

「そうだったかな……。そう言えば一度競輪に行った時に……」

「そう、そん時の話ですよ。あの土地の農家の年寄りに逢って夜中に田圃を見物したでしょう。私もあそこに連れて行かれたんです。変わったことをする人だなと思いましたが……。憶えてますか？　あの年寄りのこと」

「ぼんやりとだがな……」

「佐久間さんは記憶力がいいでしょう。ところがあの年寄りの方は佐久間さんのことをまるっきり憶えちゃいませんでした。佐久間さん、よほど頭に来たのか、年寄りを殴り付けたんです。このかたりものがって、えらい勢いでした。止めるのに大変でした……。岩倉さん、あの年寄りがした話、憶えてます？」

「ああ、うろ憶えだがね……」

「何なんでしょうね。あんな奇妙な話……。作り話なんですかね。佐久間さんはひどく怒ってました。でも私には本当の話に思えます。あれから、私の家の近くで稲作仕事をしている連中を見てると思い出してしまうんです。耐えられないんじゃないんですかね。自分の子供みたいな苗が旱《ひでり》や冷害や台風なんかで酷い目に遭わされるのが……」

程塚は酒に酔ったのか声の調子が高くなっていた。

「そんなことじゃない気がするな……」

私が言うと、程塚は目を見開いて私を見返した。

「じゃ何なんですか？」

「俺にはわからんよ。人がやることにいちいち理由はないんだろうよ」

私はそろそろ引き揚げようと思った。

「岩倉さん、佐久間さんが人を探し続けてるのを知ってますか？　あの人には兄さんがいたらしいですよ。何でも腹違いの子で、あの人が子供の時に別れたそうです。ずいぶんと可愛がって貰ったと聞かされました。どこかで生きているはずだって佐久間さんは言ってました。佐久間さんが生まれて小作人の家へ出された人だそうです」

程塚の呂律《ろれつ》が回らなくなって来た。

「それでその兄さんと抱き合って寝た思い出が……」

「おい、悪いが話はそのくらいにしてくれ。俺はそろそろ引き揚げる」

「す、すみません。気を悪くさせましたか」

程塚が立ち上ろうとする私の右手を摑まえた。私はその手を払いのけ、金を置いて外へ出た。背後から足音がして、程塚が追って来た。

「今の時刻じゃ、もうタクシーも来ませんから、車で宿まで送りましょう。すぐに片付けますから、待って貰えますか。もう一本、酒を出しましょうか？」

「いや、いらない」

入り江が闇の中に沈んでいた。堤防がかすかに影を浮かばせていた。そのむこうに点滅する灯りが見えた。昨夜、沖合いに見えていた漁火もなく、海岸通りの店も皆灯りを消し視界の中の光はその灯りだけだった。

翌日の朝、私は旅館を出た。

見送りに出た女将は、もう一日居てくれれば佐久間はやって来ると、口惜しそうに言った。

「東京さ帰られるかね？」

女将が訊いた。

「さあ、どうするかは決めちゃいない。佐久間が来たら、よろしく言っておいてくれ」

「あの人、たぶん怒り出すよ」

女将の声を聞きながら、私はタクシーに乗り込んだ。

表通りを走っていると、祭りの観客席の撤去作業をする鳶《とび》職人たちの姿が見えた。

「祭りはどうだったすか？」

運転手が訊いた。

「賑《にぎや》かだな……」

「でしょう。年一度の祭りだからね。ねぶたが終ると、すぐに風が吹き出して、寒くなるからね。ここは秋がうんと短いから、夏からすぐ冬になってしまうね。秋はないと同じですよ」

——秋はない。

という言葉が耳に残った。

それから数年、私は佐久間に逢うことはなかった。

世間はひどく景気が良くなり、私は芝浦《しばうら》の株投資の顧問会社で二年働いた。投資顧問は表向きで、実際は株の投資家への金融会社であった。

経営者は宋《そう》という台湾《タイワン》の人間で、宋が経営する倉庫街のディスコとレストランの管理をするのが、私の仕事だった。管理と言えば聞こえはいいが、開店の夕刻と閉店の夜明け方に店へ行き、若いマネージャーたちが時間通りに働いているかを見るのと、ドラッグを売りに入って来る若い連中をチェックする、若者の見張番のようなことを、宋が店を崩すまでの二年やり続けた。

自分から何かをしようという意欲も、気力も湧いて来なかった。

時折、宋が金融の交渉をする場所へ同行することがあった。交渉場所は都内の一流銀行の応接室であったり、ホテルの部屋であった。私は交渉の内容は一切聞かないでいた。たまに重いトランクを運ばされることがあったが、そこにいくらの金が入っていようが、私には興味がなかったし、行き帰りの車中で、宋が興に乗って話す、儲け話も聞き流していた。必要外のことを口にしない私に、宋は何度か錬金術の講釈をしたのだが、私が興味を示さないせいか、それ以降、私を物のように扱うふうになった。その方が私も楽だった。億単位の金が動き、儲け話に群がる人間を見ていると、自分とはまったく違う種類の生きものに思えたし、すでに自分が生きて行く世界は失せてしまった気がしていた。

バブルと名の付いた異様な景気が終焉《しゅうえん》を迎え、宋が逃亡し、厄介な連中が店に押し寄せ、私も東京を去った。

私は静岡へ行き、家を借りて住んだ。或る程度の金が手に入っていたので、一年余りはぶらぶらして暮した。

根無し草のような生活が、いつの間にか自分の軀《からだ》に滲《し》み込んでしまい、肉体が萎《な》えるように精神も萎えて行き、己が滅びて行くのを見つめているような日々がくり返された。

軀から異臭が漂うようになった。

水に入っても、熱い湯で洗い流しても、異臭は消えなかった。

表を歩くと、雨の少ない、温暖な街は、恐ろしく気候が良かった。天候が良いほど、私は不安になった。どこへ行っても同じ日々のくり返しとわかっていたが、私はまた上京した。

新宿の安ホテルに宿を取り、四谷にあった佐久間の酒場を訪ねた。すでに店は佐久間のものではなくなっていたが、佐久間はこの店に時々顔を出すらしく、店の主人が佐久間の連絡先を教えてくれた。

翌日の昼間、私は佐久間に電話を入れた。

女性の声がして、S霊園と会社名を名乗った。自分の名前を告げ佐久間を呼ぶと、

「よう、ガンさん。ひさしぶりだな。今、どうしてるんだ？」

と張りのある声が返って来た。

「いや、嬉しいぜ。ガンさんから連絡をしてくれるとは……。今までどこに居たんだよ。ずいぶんと探したぜ。そうだ、思い出した。青森で往《ゆ》き違いになって以来だ。あん時は情無《つれな》い男だとがっかりしたよ。ともかく逢おうぜ。どこにいるんだ？　新宿か、それじゃ目と鼻の先だ。すぐにこっちへ来てくれよ」

夕刻、四谷の店で逢う約束をした。

電話を切って、佐久間の様子が何も変わっていないことに安堵している自分に気付いた。

だが夕刻が迫って来ると、どうして佐久間に逢おうとしているのか、昨日から

の、いや、静岡を引き払ってからの自分の行動が何をしているのかがよくわからなかった。

――佐久間に、俺は救いを求めているのか？

佐久間の顔を思い浮かべた。屈託のない佐久間の笑い顔がよみがえった。その笑顔を見ているうちに、佐久間に対する憎悪が湧いて来た。佐久間を甚振《いたぶ》り、追い詰める自分の姿を想像した。地面に伏せて、両手を合わせて助けを求める佐久間の泣き顔があらわれた。

――混乱をしているのだ。

私は自分に言い聞かせ、サウナへ行き、蒸気の中で、平静を装うようにするのだとくり返し呟いた。

店のドアを開けると、佐久間は女と二人でカウンターに居た。

佐久間は私の顔を見るなり、白い歯を見せて、ようと張りのある声を上げた。

「ガンさん、しばらくだな。少し痩せたか？」

佐久間は手を差し出し、私の手を握って言った。

「いや……」

私が言うと、佐久間は隣りの女の方を指して、

「女房だ。若いだろう」

と笑いながら言い、

「おい、ガンさんだ。岩倉さんだ。前に話したことがあるだろう」

佐久間が言っても、女は小首をかしげ、私を見て、肩をすくめ、すぐにむき直った。髪の毛を赤く染め、肩を剝き出した女は佐久間の子供のような年齢だった。

「ガンさん、どうしてたんだ？　今、どこにいるんだ。何をやってるんだ？」

「何もやっちゃいない。相変らずぶらぶらしているだけだ」

「ハハハッ、その言い方だよな。昔と何も変わっちゃいないじゃないか。嬉しいぜ。俺はもうすぐ父親になるんだぜ。こいつの腹の中に、俺の二世がいるんだ。なあ……」

佐久間が赤毛の女の肩に手を置いた。女は嫌がるように、身体を捩《よじ》らせて、佐久間の手を払った。

「今日はこいつ、少し機嫌が悪いんだ。横浜へ連れてってやる約束が駄目になったんでな。そのかわりガンさんに逢えたじゃねぇか」

佐久間の言葉に女は唇を突き出していた。

女は立ち上って、ゲームをやるよと言って店の奥へ行った。佐久間は女のうしろ姿を目で追っていた。佐久間がどうしてあんな若い女と一緒にいるのかわからなかった。

「それで今、仕事は何をやってるんだ？」

「電話で言ったように何もしちゃいない」

「それなら俺に面倒を見させちゃくれないか」

佐久間は私の顔を覗いた。

その夜、三人で食事へ行き、女の友人がやっている騒がしい酒場で少し飲み、私は佐久間と翌日、また逢う約束をして別れた。

一ヵ月後、私は佐久間の紹介で、猿楽町《さるがくちょう》にある、或る学校法人がやっている会社へ勤めることになった。会社と言っても、理事と名乗る七十歳を越えた老人と中年の女との二人がいるだけだった。しかし私の軀は枠の中に嵌められて何かをすることができなくなっていた。私は三日目にはもう出社しなくなり、気がむけば顔を出すだけになった。それでも老人は、たまに顔を出す私を叱責するわけでもなく、彼等は五時半になれば黙って会社を引き揚げて行った。

佐久間から会社に連絡があり、私は四谷の店で逢った。私は佐久間に、会社に勤めるのが無理なことと迷惑をかけたことを詫びた。佐久間は、別に会社へ出なくともいいから、籍だけをおいてくれと言った。

その夜、佐久間は私を東がやっている渋谷の酒場へ連れて行った。東は私の顔を見ると、幽霊でも見たように目を見開き、昨夜、私の夢を見たばかりだと言った。

店は若い女がカウンターに入って、客も若者ばかりだった。

「こいつは水商売が上手いのよ。他には碌《ろく》な才能はないのに、水商売をやらせたら、感心するほど上手く立ち回りやがる」

東は佐久間の言葉に笑って、水割りの替りをこしらえながら、カウンターに置いた佐久間の手に指を絡めようとした。その手を佐久間が払いのけた。東は佐久間を見た。その目が冷ややかで、佐久間を蔑んでいるように映った。

「どうだよ、ガンさん、ひさしぶりに麻雀をしようじゃないか。俺も、ここんとこは女房を貰って、牌を握っていなかった。行雄、少し店を抜けろ」

渋谷の道玄坂《どうげんざか》にある東の知り合いの雀荘へ行き、店の主人を入れて、私たちは麻雀をした。

珍しく夜明け方まで打った。佐久間も私と同様、牌を握るのはひさしぶりのようだった。どことなくぎくしゃくしながら遊んだ。東は佐久間を無視するような打ち方をしていた。以前なら佐久間は東の打ち方に怒り出していたはずだが、佐久間は私だけにむかって牌を打ち出していた。

雀荘を出て東は店を仕舞いに戻り、私たちが渋谷の駅にむかって歩き出すと、夜が明けはじめた街に濃い霧がかかっていた。宮益坂《みやますざか》の上の方ははっきりと街並が見えるが、駅前の、谷底になった一帯だけが白く霧に埋もれたように霞んでいた。

「いつか正月に朝まで打ったことがあったっけな。あの頃は楽しかったな、ガンさん」

前を歩く佐久間の軀が少しずつ霧の中に沈んで行く気がした。あの若い女といい、東の冷酷とも思える態度といい、佐久間が彼のフォームを崩してまでやろうとしていることが、彼を破壊している気がした。

じゃな、と佐久間は振りむきもせずに霧の底へ消えて行った。

それが佐久間を見た最後であった。

☆

高速道路を走る車の窓から見下ろす横浜の街には、私と佐久間がいた時間は失せているのがわかった。

佐久間とはもう二度と逢えない、という確信が私の中にあった。

本牧へ行き、小港を回ったが、すでに埠頭も倉庫棟もなかった。東は佐久間が昔、立ち寄っていた酒場やレストランを回ったが、それらの店もほとんどが失せて、残っていても経営者が替わっていた。私は車から降りなかった。

「東、俺たちは幽霊を探しているんじゃないのか？」

私が言うと、東は、からかわないで下さいよ、と笑いながらハンドルを握っていた。

引き揚げようか、と私が声を掛けると、東は路上に車を停車させ、

「サクジはどうなるにしても最後にはガンさんに連絡を入れると思ったんだけどな……」

東がぽつりと言った。

「どうしてそう思うんだ？　俺と佐久間はそんな仲じゃない。おまえの方がずっと親しかったはずだろう」

「いや、サクジはガンさんたちと出逢った、あの頃が一番良かったと何度も言ってた。それに、あいつは一度だって俺に気を許したことなんかない」

東の口調に憎悪が感じられた。

「ともかく引き揚げよう。おまえがまだ探したいのなら適当な場所で降ろしてくれ」

「俺も戻ります。ガンさん、もう少しつき合って貰えませんか？」

「いや、俺は帰る」

「そう言わずに、たまに逢ったんですから少しつき合って下さいよ」

東は頭を下げながら、白い歯を見せた。顔は笑っているふうに崩れていたが、私を見る目は冷めていた。私は東の顔を見直した。

「どうしたんですか？　怖い顔して……」

東がまた笑った。その歪んだ笑顔に、何か解せないものがあるように思えたが、それをこの男に問い糺《ただ》したところでどうにもなるものではない気がした。

「一杯だけ、つき合って下さい。一日面倒をかけちまった詫びに奢《おご》らせて下さいよ」

私は東にもう少しつき合うことにした。やはり東の態度には解せぬものがあった。

私たちは新宿へ行った。

連れて行かれた店は二丁目の雑居ビルの五階にある酒場だった。

店のドアを開けると、カウンターの中にいた短髪の男が東にちいさく頷き、その視線を店の左奥に送るようにした。一瞬の所作だったが、店が東の馴染みであることがわかった。コの字のカウンターの中に二人の若い男が入っていた。私と東は右奥の席に座った。左奥に男が三人顔を寄せて話していた。一番奥に座った男が東に会釈した。東は男を無視するように、何を飲みますか？　と大声で言った。その声で左奥で背をむけていた客二人が、こちらを振りむき、東を見つけて丁寧に挨拶した。

「いい顔なんだな」

私が言うと、東は、

「違いますよ。昔、俺の店で働いていた連中なんですよ」

と笑って言った。

「ガンさんは何歳になったんですか？」

東がグラスの氷を揺らしながら訊いた。

「さあ、何歳だかな……」

「サクジと同い歳なんですよね」

東の口調が変わっていた。丁寧な口のきき方が気になった。私は東の横顔を見つめた。東が立ち上って便所へ入った。左奥の男たちが東を目で追うようにしてから、私に視線を移した。目が合うと、すぐに視線を逸《そ》らし、また小声で話しはじめた。空になったグラスを揺らすと、カウンターの中の若い男が近寄って来て、

「東さんとはお友達なんですか？」

と酒を作りながら言った。

私が首を横に振ると、口元をゆるめてクスッと笑い、

「長いトイレね」

と言って、口に手を当てた。

濡れた顔で出て来た東は、席に戻ると、店の男から貰ったタオルをしばらく顔に押し付け、それをゆっくりと取ると大きく息を吐き出し、嚙みしめた歯を剝き出すように口を開き、首を回しながら骨を鳴らした。それから何度となく、チック症のように目をしばたたかせた。

「おい、東」

私が声を掛けると、

「何すか？」

と正面にむけた顔に凶暴な表情が浮かんでいた。私は東の顔を見据えた。東も私を睨み返した。

その時、店のドアが開いて、若い男が一人入って来た。まだ幼い顔立ちの、少年のように映る若者だった。若者は東を見ると嬉しそうに笑い、酔っちゃったと赤い舌をぺろりと出し、東に近寄って来た。東は左奥の方へ顎をしゃくるようにした。若者は急に真顔になって、口を突き出すように不満気な顔をして三人の男の隣りに座った。若者が私の顔をじっと見た。ちょっといいすか、と東は言って立ち上り、左奥の連中のところへ行き、顔を突き合わせるように話をはじめた。今しがた入って来た若者が東の背中に手を置き、話に加わっていた。若者の指先が東の背中を玩ぶように動いている。その指先が東の脇の間に入り込んだ。

私は立ち上った。気配に気付いて、東が振り返った。

「えっ、ガンさん、もう帰っちまうんですか？　もう少し居て下さいよ。話があるんですよ」

私は東を無視して、店のドアへむかって歩き出した。左の奥にいた男の一人が、ドアの前へ寄ってきた。暗がりで彼等の歳恰好がよく見えていなかったが、髪を茶色に染めた、まだ若い男だった。

「東さんが居ろと言ってんだよ。オッサン」

若者がぶっきら棒に言った。

私は相手の目を見直して、ゆっくりと足元まで体躯を見回した。筋肉の盛り上った肩とTシャツの袖から剝き出た二の腕が、相手構わずむかって行ける若者の自信をあらわしていた。残る二人も私を睨んだままじっと立っていた。東は背中を私にむけたまま首を傾けて天井を仰いでいる。東の肩越しから、今しがた店に入ってきた少年までが私を見ていた。私は背後を振り返って、カウンターの男たちと店の奥行きを見ながら言った。

「東、こりゃどういうことだ？」

「だから少し話があるんですよ」

東はむこうむきのまま甲高い声で言った。

「妙な話の仕方があるもんだな。おまえ、気でも違ったか？」

「気が違ってるのは、サクジやあんたの方だろうが……」

そう言って、東は私の方を振りむいた。薄笑みを口元に浮かべた東の顔には、初めて横浜へ姿をあらわした時、木地を逆上させたしたたかな若者の小悪党の面が浮かんでいた。

「やっちまいましょうよ。こんなオッサン」

ドアの前の若者が言った。

私は東の顔を見据えて、言った。

「表へ出ようか……」

若者三人は狙った獲物をエレベーターに押し込めるように、私を奥へ立たせ、表へ出ると慣れたように路地を歩き出した。

公衆電話ボックスの先に街路灯がひとつ淡く光って、その先に公園が見えた。先頭を歩いていた若者がベンチに座っていた男二人に声を掛け、彼等を公園の外へ出させた。

私は彼等の行動を観察しながら、少しずつ頭に血が昇りはじめていた。それをゆっくりと息を吐きながら抑えていた。

「俺はサクジの、あんな野郎の尻拭いなどするつもりはないんだ。あんたがそれをやると言うんなら……」

私は東の話を無視して言った。

「東、おまえ、佐久間に何をした?」

東は私をじっと見つめたまま、顎をしゃくるようにして両脇の若者に合図した。

若者が一斉に私にむかってきた。場慣れした三人の動きは機敏だった。素手でむかって来ているが、凶器をどこかに持っているのだろう。私は右手から来た若者に身体をぶつけ、そのまま数メートル先にあるベンチにむかって走った。先刻の二人連れが立ち去った時にベンチにジュースの缶が見えていた。その缶を素早く取ると、走りながら両手で捻《ね》じり上げた。缶を捻じ切る程の力は私には失せていたが、歪んだ缶を右手で握りしめた。背後から上着を摑まれた。すぐに前方に二人の若者が回り込んだ。若者の目が光っている。闇の中の野良犬の目に似ていた。背後の相手が、私を羽交締めにしようと、脇から伸びた手が胸倉を摑んだ。腕力があった。振り解こうとしたが、私の体はもう抵抗力がなかった。

「ガンさん、無駄だって。こいつらはこういうことに慣れてんだから……」

東が近寄ってきた。東が前方の若者を見た。先刻、店のドアの前で私に立ちはだかった若者が拳を揉むようにして、私の腹を殴り付けた。二度、三度と若者の拳が腹にめり込んできた。的確に同じ場所を打ってくる。

「これ以上、痛い目に遭いたくなきゃ、サクジの引っ張った金を揃えるんだな……」

東が言った。私は殴りかかった若者を見ていた。口を半開きにして、若者は私を見ている。目が笑っているふうに細く光っていた。

「わかった。話を聞こう」

私が喘ぎながら、うつむいて言うと、東の、そういうことだよ、最初からそう言えば済んだのに……、と笑うような声が続いた。

私は身体を前に折り曲げて、うつむく視界に東の足元が入って来るのを待った。黒い影が見えた瞬間、東の足元を払い上げて、さらに身をかがめた。ちいさな悲鳴と東が転がる音を聞いた時、私は正面の若者を見上げ、その顔をめがけて右手を突き上げた。眼球と頬骨に、手にした缶の縁が喰い込む鈍い音がした。悲鳴がした。顔を手で覆った若者の股間を蹴上げた。その足を若者は両手で摑んだ。私はもんどり打って倒れた。若者が腰のあたりから何かをまさぐった。私は身体を捻ってベンチまで転がった。相手の動きは早く、背後に痛みが走った。

何をしてるんだ、と背後から声がして、足音が近づいた。若者たちが一斉に走り出した。四つん這いになり、起き上ろうとすると、左の脇が痛んだ。

「君、大丈夫か？」

警官だった。もう一人の警官が若者を追い駆けて行く姿が見えた。

「俺は大丈夫だ。早く追い駆けろ。一人じゃ、相棒がやられっちまうぞ」

私が言うと、その警官は頷いて、すぐに戻って来るからここに居るように告げて、走り出した。

左脇を右手で探ると、指先に血がついていた。

——間が抜けたことをしたものだ……。

立ち上ろうとしたが、身体から力が失せていた。ヤワな身体になったものだと思いながら、下腹に力を込めて立ち上った。左脇がひんやりとする。

公園の隅で若者が二人、私の方を見ていた。その目の光だけが私の視界に揺れていた。私は公園を出て、タクシーを拾った。芝浦の倉庫街の住所を告げた。身体が熱かった。タクシーのラジオから若い女の話し声と笑い声が続いていた。運転手が話しかけて来たが、何を言っているのか聞き取れなかった。胸の中が重くなりはじめていた。息苦しかった。

高速道路を走るタクシーの車窓に映る街の灯が、光の帯になって流れて行く。やがて光が去ると、淡い闇がひろがり、そこにしゃがみ込んだ男の背中があらわれた。等間隔に敷き詰められた札で、男が佐久間だとわかった。土蔵の中の佐久間であった。

——サクジ、そこで遊んでいたのか？　サクジ……。

私は佐久間の名前を呼んだ。

佐久間は振りむかなかった。見ると佐久間の右隣りにもうひとつ影があった。太い腕が伸びてきた。その手を払うようにもうひとつの影が浮かんだ。

――トミヤス、キサン……。

私は呟いて、三人の影が頭を突き合わせている光景を覗いた。

――何をして遊んでるんだ？　おまえたち。

声を掛けても、三人ともしゃがみ込んだまま何かに夢中で私の問いかけに気付かない。それどころか少しずつ三人が離れて行く。三人のいる場所を光の輪がつつんでいる。天上に月が皓々とかがやいていた。その光輪が揺れて、光の粒が周囲に波立つようにひろがって行く。三人は水の上に浮かんでいた。

――どこにいるんだよ、おまえたちは？

私はそう言ってから、息を飲んだ。

三人を月光にきらめく早苗が取り囲んでいた。三人は水田の中に座っていた。

――サクジ、キサン、トミヤス、俺も仲間に入れろ。入れてくれ。

私は叫んだ。

身体を起こそうとしたが、私の身体の芯のようなところに何かずっしりと重いものが固まっていて、動けなかった。

――おい、おまえたち……。

私の叫ぶ声を、低い男の声が掻き消した。

「お客さん、このあたりですかね」

運転手の声に私は目を開き、金を渡しよろけるようにタクシーを降りた。視界に映る建物の影が揺れていた。背後から車のクラクションの音が響く。足が重くて、これ以上歩けそうになかった。

目の前にベンチが見えた。私はベンチに腰を下ろした。ベンチの背に凭《もた》れると、明けようとする空に星がひとつかがやいているのが見えた。今しがた見た月光がよみがえった。懐かしい光を見つめている気がした。

遠くから足音が聞こえる。人の声がする。女の声だ。何か声を掛けているのだが、よく聞き取れない。誰かが私を覗き込んでいる。

「あれは……」

私は星を指さそうとした。

その時、身体の中で、ごろんと鈍い音がして何かが落ちた。その途端に身体がすっと、楽になった。

――ああ、やっと落ちてくれたか……。

私は呟いて、かたわらにいるらしき女に笑いかけようとした。

ごろんと、また音が続いた。

解説

島田明宏

その夜、パリ近郊のアンギャン・レ・バンのカジノに、武豊騎手の姿があった。彼は、数時間前、パリのロンシャン競馬場（旧称）で行われたG1レース、アベイドロンシャン賞で日本調教馬アグネスワールドに乗って優勝したばかりだった。関係者と別れてひとりになった彼は、自分への褒美と気晴らしを兼ねて、ぶらりとカジノを訪れていたのだ。

ルーレットを楽しんでいた彼は、同じテーブルの少し離れたところに座る男が、やけに大金を張っていることが気になっていた。

——いったい何者なんだ。

と、男の顔を見て、思わず声が出た。

「伊集院さんじゃないですか」

まったくの偶然で、伊集院静氏もここを訪れていたのだ。

「豊、こんなところで何をしてるんだ」

同じように驚いていた伊集院氏は、武騎手が十代だったころから親しくしており、結婚式の媒酌人をつとめたこともあった。

帰り際、伊集院氏は武騎手に言った。

「今日、G1を勝ったんだよな。おめでとう」

「ありがとうございます」

「明日の昼間、時間があれば、買い物に付き合ってくれないか」

「いいですよ」

翌日、二人はパリ市街で落ち合った。

「お前と同い年くらいの知り合いにスーツをプレゼントしたいんだ。どこかいい店を知らないか」

伊集院氏にそう訊かれ、武騎手が答えた。

「アルマーニがいいと思います」

「じゃあ、連れて行ってくれ」

二人は高級ブランド、ジョルジオ アルマーニのブティックに入った。ズラリと並ぶスーツを伊集院氏は指さした。

「プレゼントする相手は、ちょうどお前くらいの背格好なんだ。このなかから、お前がいいと思うやつを選んで、試着してくれ」

武騎手がスーツを試着し、伊集院氏の前に立った。

「これがいいと思います」

すると伊集院氏は微笑み、

「取っておけ。勝ち祝いだ」

とクレジットカードを取り出し、支払いを済ませた。

一九九九年の秋、ちょうど伊集院氏が、本作『ごろごろ』のベースとなる連作「三人麻雀」を「小説現代」に連載していたころのことだった。

当時、伊集院氏は四十九歳、武騎手は三十歳。伊集院氏は、ルーヴル美術館などで絵画を鑑賞するため、フランスを訪れていたようだ。

このエピソードを教えてくれた武騎手は、四半世紀を経た今なお、フランスでのやり取りを鮮明に記憶している。伊集院氏は、前述したアグネスワールドを管理していた森秀行調教師のためにも勝ち祝いのスーツをそこで購入してくれたのだという。

こんなにカッコいいことをする人を、私はほかに知らない。金銭的に余裕があるからできるというものではない。

その伊集院氏が、二〇二三年十一月二十四日、七十三歳で逝去した。肝内胆管がんを患っていることを公表してからひと月足らずでの訃報だった。二〇二〇年の初めにくも膜下出血で救急搬送されたときは、手術とリハビリを経て執筆活動を再開した。強靱な心身を持つ氏なら、今度も復活してくれるはずだと思っていたが、願いは叶わなかった。

武騎手のほか、元メジャーリーガーの松井秀喜さん、歌手の大友康平さん、大黒摩季さん、衆議院議員の小泉進次郎さんといった、氏より若いたくさんの人たちが「尊敬する人」として氏の名を挙げ、慕っていた。それは、書いたものや生きざまに惹かれたことに加え、氏の話がとても面白く、笑わされたり驚かされたりしているうちに気持ちがほぐれ、大きな安堵に包まれたからだと思う。

そんな氏から聞いた話を、ひとつ。

いつものように「旅打ち」をしていた伊集院氏は、競輪の帰り、九州の馴染みの小料理屋に寄った。夫婦だけでやっている小さな店なのだが、氏が店に入ったちょうどそのとき、店のおかみさんが旦那の下腹部を包丁で刺した。どうやら旦那の浮気に腹を立てたらしい。氏は旦那のもとにかがみ込み、下腹部からはみ出た腸を体内に押し込みながらベルトで締め、救急車を呼ぶようおかみさんに言おうとした。するとおかみさんは、店の厨房に立ち、今さっき旦那を刺したばかりの包丁で野菜を切りはじめたのだという。

「女は逆上すると日常に戻るんだよ」

そう言って笑った伊集院氏は、物語やネタのほうから寄ってくる、特別な「引き」のある人だった。

私は、氏の著作『むかい風』『眺めのいい人』『旅だから出逢えた言葉』の文庫解説を担当させてもらったり、自著のうち四冊に帯の推薦文を寄せてもらったりと、お世話になりっぱなしだった。

二〇〇〇年の暮れ、丸の内で行われたトークイベントで、氏は対談相手に私を指名してくれた。イベント終了後、銀座のクラブで、氏は言った。

「次に出す本は、おれが今まで書いてきたなかで一番いいかもしれない」

それが本作『ごろごろ』である。氏の口からそうした自作の評価を聞いたのは、最初で最後だった。

二〇〇一年三月に出た本作は、男たちの流浪を描いた長編小説である。主な舞台はベトナム特需に沸く横浜。そこに流れ着いた主人公のガンと、サクジ、トミヤス、キサンの四人は、誰にも言えない哀しみや寂寥感、厄介事を抱えて生きている。彼らはよく、ひとりが抜ける三人麻雀で遊んだ――。

伊集院氏は、立教大学の野球部を二年生のとき退部した。その後、クラブのボディガードのような仕事などを経て、横浜で、米軍基地専門の引っ越しのアルバイトをするようになった。港の荷役の仕事もこなした。当時の様子を、処女エッセイ集『あの子のカーネーション』所収「横浜ベイ・ブルース」に、こう書いている。

〈徹夜で沖の仕事が終って、山下埠頭や小港辺りに揚り、中華街や寿町の定食屋に皆ゾロゾロと流れて行く。(略)そのうち寿町界隈では、ボロ毛布を敷いてサイコロ賭博が始まる。(略)誰かが大声を出して、イカサマだ、と叫んでも、はじき出されるのは声を出した者だけだった〉

そうした日々をもとに記された本作は、第三十六回吉川英治文学賞を受賞した。しっとりした恋愛物などでもファンの多い氏の作品群のなかで、本作は、ちょっと浮いているように感じられるかもしれない。しかし、実は、氏の作品群において、太くて強い流れのど真ん中にある一冊なのである。

伊集院氏の小説は、実に様々なタイプがあって、テーマやテイストによって分類するのは難しいのだが、私なりに分類すると、次のようになる（これらのどこにも入らない作品も複数ある）。

（一）『海峡』『春雷』『岬へ』の「海峡三部作」に代表される自伝的小説。
（二）『白秋』『白い声』などの恋愛小説。
（三）『ノボさん』『琥珀の夢』『ミチクサ先生』などのノンフィクションノベル。
（四）『受け月』『むかい風』『スコアブック』などのスポーツ小説。
（五）『ジゴロ』『ガッツン！』などの青春小説。
（六）『羊の目』『星月夜』などのハードボイルド。
（七）『でく』『ピンの一』『ごろごろ』『いねむり先生』『愚者よ、お前がいなくなって淋しくてたまらない』といった「流浪小説」。

最後の「流浪小説」は、「種目」こそ麻雀、競輪、競馬などと異なるものの、登場人物がギャンブルを嗜む点でも共通している。

また、氏が上梓した単行本で、『でく』と本作だけが箱入りである。残念ながら、その理由は訊けなかったが、以前、直木賞を受賞した『受け月』は、「うけつき」と読むべきなのか、それとも「うけづき」なのかと質問したら、氏はこう答えた。

「鼻の詰まってる人は『うけづき』で、スースーと通りのいい人は『うけつき』って読むんだよ」

二作だけ箱入りにした理由も、きっとこんなふうに面白く教えてくれただろう。

私は、この解説を書くにあたり、これら「流浪小説」五作を右記のとおり出版順に再読してみた。これが実に楽しかった。『でく』の視点人物である「私（周）」も、『ピンの一』の「ピン（花房一太）」も、本作の「ガン（岩倉忠男）」も、『いねむり先生』の「ボク（サブロー）」も、『愚者よ、お前がいなくなって淋しくてたまらない』の「私（ユウジ）」もみな、自分が生きていることを確かめるためであるかのようにギャンブルをつづけ、居場所を定められずにいる。世間でまっとうとされている枠の外側しか歩けない、脆さと強さを併せ持つ男たちなのだが、周りの人間に一緒にいたいと思わせる、不思議な魅力を持っている。

これら「流浪小説」のなかでも、本作と『愚者よ、お前がいなくなって淋しくてたまらない』は、特に結びつきが強い。後者の作中には、編集者の木暮が、伊集院氏自身をモデルとした「私」ことユウジに「横浜時代の小説」を書くよう熱心に勧めたり、ユウジが久しぶりに横浜を訪ねてサクジやトミヤスの顔を思い出したりするなど、本作のメイキングとも言うべきシーンが複数ある。
本作が文庫化されるのは、親本が出てから二十三年後の今回が初めてである。この名作を、手に取りやすい文庫という形で味わえる読者は、間違いなく幸せだと思う。

（しまだ・あきひろ　作家）

本作品には、一部不適切と思われる表現や用語が含まれておりますが、故人である作家独自の世界観や作品が発表された時代性を重視し、原文のままといたしました。これらの表現にみられるような差別や偏見が過去にあったことを真摯に受け止め、今日そして未来における人権問題を考える一助としたいと存じます。

（集英社文庫編集部）

本書は二〇〇一年三月、講談社より刊行されました。
初出「小説現代」一九九八年一月号～二〇〇〇年六月号

伊集院　静の本

愚者よ、お前がいなくなって淋しくてたまらない

妻の死後、酒とギャンブルに溺れていたユウジ。まっとうな社会の枠組みで生きられない〝愚者〟たちが、ユウジにもたらしたものとは。不器用な男たちの切ない絆を描く「再生」の物語。

集英社文庫

伊集院　静の本

琥珀の夢

小説　鳥井信治郎（上・下）

「やってみなはれ」の精神で、ウイスキーづくりに命を捧げた鳥井信治郎。サントリー創業者の熱き信念、不屈の精神に満ちた挑戦を描く、感動の企業小説。日本人の底力がここにある！

集英社文庫

ごろごろ

2024年7月25日　第1刷　　定価はカバーに表示してあります。

著　者　伊集院《いじゅういん》　静《しずか》

発行者　樋口尚也

発行所　株式会社　集英社
東京都千代田区一ツ橋2-5-10　〒101-8050
電話　【編集部】03-3230-6095
【読者係】03-3230-6080
【販売部】03-3230-6393(書店専用)

印　刷　大日本印刷株式会社

製　本　大日本印刷株式会社

フォーマットデザイン　アリヤマデザインストア　　マークデザイン　居山浩二

ISBN978-4-08-744669-2 C0193